olga
oh ! la la !

Une production de l'Atelier du Père Castor

© 1985 Castor Poche Flammarion
pour le texte et l'illustration.

EVELYNE REBERG

olga
oh ! la la !

illustrations de
SOLVEJ CRÉVELIER

castor poche flammarion

Évelyne Reberg, l'auteur.

« Je suis mariée et j'ai deux fils. Je travaille actuellement dans une bibliothèque municipale de la banlieue dijonnaise, à Quetigny.

« On me demande souvent pourquoi j'écris des histoires pour enfants ; parfois, je lis même dans cette question comme une accusation : A votre âge (j'ai quarante-cinq ans), vous vivez encore dans l'univers d'une gamine ! C'est vrai, il y a là une bizarrerie, et je ne trouve pas de réponse vraiment satisfaisante à cette question.

« Chacun d'entre nous, quel que soit son âge, est à la fois jeune et vieux ; quand j'écris pour les enfants, je puise dans cette enfance que je porterai toujours en moi, même quand j'aurai quatre-vingts ans.

« Dans *Olga, Oh ! la la !,* j'ai essayé d'inventer une fille de neuf-dix ans qui ressemble un peu à la fille que j'ai été. Comme moi, elle aurait vécu dans une petite ville de province. Elle serait étrangère d'origine, et se sentirait parfois *différente,* pour de multiples raisons. Quand j'étais enfant, cette différence, je l'ai vécue comme une gêne, une honte, un lourd secret. Maintenant que j'ai vieilli, je peux en parler et même en sourire...

« Je me suis servie de souvenirs, mais j'ai inventé situations et personnages. J'ai même eu le culot d'inventer une annexe à la Bibliothèque de Saint-Jean de Maurienne ; parce que j'estime que les histoires, c'est fait pour mentir autant que pour dire la vérité.

« Vous avez peut-être lu quelques-unes de mes histoires dans des revues pour enfants : *Toboggan, Pomme d'Api, Astrapi, J'aime Lire*. J'ai aussi publié des albums : *L'immeuble qui pêchait*, chez Duculot, et d'autres encore (certains sont parus sous mon vrai nom); et deux courts romans chez Nathan (Arc-en-poche) : *Le képi fantôme* et *La rédac.* »

Solvej Crévelier, l'illustratrice, est née à Paris en 1947.

« Mon enfance, nous dit-elle, c'était davantage Andersen que Charles Perrault. J'ai toujours dessiné dans la marge des cahiers; des princesses à l'école primaire, des robes pour les copines pendant les cours de philo, des costumes de théâtre aux Métiers d'art. Pendant dix ans, j'ai été décoratrice. Mais au 250ᵉ décor, j'ai craqué... Maintenant je dessine enfin sur la page entière en écoutant Maria Callas, pas très loin du téléphone, de ma fille qui joue du piano, de mon mari qui adore Count Basie et de mes deux chiens... En vacances, j'aime faire des aquarelles au hasard des routes, de l'Islande à la Palestine. Une année au froid (pour moi), une année au chaud (pour mon mari) ! »

Olga, Oh ! la la !

Olga a besoin de tout son sens de l'humour pour faire face aux rebondissements de sa vie quotidienne. Il faut dire qu'elle est dotée d'une mère d'origine hongroise à la personnalité quelque peu exubérante et qui roule les « r » à n'en plus finir....

Ce n'est pas toujours facile à assumer auprès des camarades de classe, prompts à se moquer.

Cinq courts récits où complicité et tendresse l'emportent toujours...

moi grande chanteuse internationale

1. Un samedi bien compliqué

Deux jours après la rentrée scolaire, Maman a trouvé un mot pour moi dans la boîte aux lettres :

Chère Olga,
Je t'invite à mon anniversaire : le douze septembre, moi, Stéphanie Murger, j'aurai dix ans, à midi vingt exactement. Quand le grand jour arrivera,

j'aurai sûrement toujours mes grands pieds, mes dents écartées, et je mesurerai encore un mètre trente. Pour mon cadeau, ne te tracasse pas, je l'ai déjà acheté. Amène-moi simplement vingt francs. Vous êtes cinq invitées : toi, Rachida Elouazzani, Christelle Baudot, Sidonie Salomon, Mélanie Perrier : cela me fera cent francs environ...

Reçois mes salutations supermachinchouettes, et vivement samedi, qu'on s'amuse...
Stéphanie Murger

Ce samedi allait être un vrai jour de gala : à la récré de trois heures, nous, les cinq élues-à-l'anniversaire-de-Stéphanie-Murger, nous sommes mises à l'écart pour discuter de l'événement :

— A mon avis, a chuchoté Rachida, elle se sera acheté un jeu de société... On s'amusera bien toutes les six...

Avec un ensemble parfait, nous avons répondu :

— Oh oui, alors !

Et puis, à pleins gaz, les idées se sont mises à fuser :

— Et si c'était le *Cluedo* ? On y joue à six, justement. Il y a un meurtre, il faut découvrir le coupable, et...

– ... et la *Bonne Paye* ? C'est génial !

– Ouaouh...

– ... le *Yahtsee*, vous connaissez ?...

Soudain, Mélanie a pris son air mystérieux pour suggérer quelque chose de plus terrible encore, qui nous a rendu muettes pendant quelques secondes :

– Les filles ! Elle possède sans doute un *mini-ordinateur*, elle aura sûrement acheté des cartouches de jeux : on en vend à partir de cinquante francs !

Décidément, cet anniversaire allait être magique :

– Tu connais le *Space Invader* ? Tchouk tchouk pan !

– ... le *Zorgon* !...

– ... le *Dark Star* !...

Plus j'y pensais, plus j'étais toute chatouillée de fourmis électriques. Le fameux samedi a mis un temps fou à venir. Ce jour-là, j'ai demandé deux pièces de 10 francs à Maman, je les ai placées dans une enveloppe sur laquelle j'ai dessiné une ribambelle de bougies vertes et roses, et j'ai écrit :

Pour Stéphanie : qu'elle profite bien de son beau cadeau.

De la part d'Olga Kosztolanyi.

... C'est au moment où je mettais au point ma signature que la journée a commencé à se compliquer.

Avec un nom aussi affreux que le mien, signer, c'est du boulot. Je me suis exercée sur une feuille de brouillon :

O. Kosztolanyi

Je formais bien mon *o*, comme un gros œuf. Puis je fonçais sur le *k*, il dressait ses antennes comme un char d'assaut. Ensuite, venait le *osztolanyi* : j'essayais de le faire le plus petit possible, il gigotait en tortillons minables, on aurait dit qu'il se débattait contre un mystérieux ennemi. Maman me regardait distraitement en se séchant les cheveux. Tout à coup, elle a arrêté le séchoir et m'a demandé :

— Qu'est-ce que tu comptes faire aujourd'hui, Olgi chérie ? Si nous jouions au *Mistigri*, toutes les deux ?

— Mais tu n'as pas entendu ? Je dois aller à l'anniversaire de Stéphanie Murger ! A trois heures !

Maman a eu un coup de chaleur :

— C'est aujourd'hui ? Non... mais... c'est impossible... Tu ne peux pas y aller comme ça...

Mon cœur a fait plusieurs culbutes :

– Quoi ?

Maman gémissait encore plus
fort que le séchoir, qu'elle avait
remis en marche :

– Et tes horribles baskets ? Celle
de droite, avec sa semelle décollée,
on dirait qu'elle rit ! Hier soir, en

les voyant, crasseuses, posées à côté de ton lit, j'ai pensé... tu sais à quoi ?... à deux rats...

J'étais sciée en quatre. Et je ne me suis pas gênée pour rouspéter : Maman, d'habitude, ne s'intéresse pas à ce genre de choses. Avant de m'ordonner de me laver, en général, elle attend que « ça se voie ». Et je peux rester cent sept ans sans me peigner (il est vrai que mes cheveux sont courts), pour elle, je suis toujours « la plus belle fille du monde »... Et voilà que tout d'un coup, en pleine urgence, elle me faisait tout un cinéma pour mes baskets blanches... enfin, hum... mes baskets noires... Elle choisissait bien son moment.

— Les parents de Stéphanie sont à cheval sur les principes. Lui, je le rencontre parfois, à mon travail.

Je ne vois pas pourquoi tu te ferais remarquer...

J'ai pensé : c'est vrai. Stéphanie est toujours très bien habillée. Cela se voit à peine, parce que ses vêtements passent leur temps à tomber (comme ses chaussettes blanches), ou à dépasser (comme son chemisier rose)... Mais ses parents habitent dans un grand appartement bien décoré, et sa mère porte souvent un magnifique manteau de fourrure...

Mes vieilles chaussures m'ont paru soudain vraiment miteuses : elles me mettaient dans un joli pétrin. J'ai pourtant crié que je *devais* aller à cet anniversaire, sous peine de mort : Stéphanie comptait ab-so-lu-ment sur moi.

Maman a relevé ses cheveux, les a noués avec son élastique, a regardé sa montre, et a dit :

— *Te megbolonditasz !* Vite ! En route ! Me voilà obligée de faire des courses un samedi après-midi, au lieu de me reposer !... Quelle corvée ! Enfin, profitons-en pour acheter ce qui te manque comme matériel scolaire. Va chercher ta liste, et allons-y !

Pauvre Maman ! Son dos s'est soulevé en un soupir, elle a rentré le cou dans les épaules, et moi, en la regardant, j'ai senti comme une piqûre de guêpe dans la poitrine.

A partir de ce moment-là, mon samedi s'est détraqué. Nous nous sommes précipitées au supermarché, courbées en deux comme si nous foncions en plein carnage. J'espérais qu'il n'y aurait pas grand-monde, mais nous avons été accueillies par un bruit, une chaleur, à tuer les mouches et ma mère. Il y avait bien trente mille personnes qui fourmillaient là, s'affolant au milieu des caddies. Nous risquions de périr noyées.

Maman a fendu la foule, tête en avant : une fusée Titan plongeant dans la stratosphère ! Heureusement, j'ai immédiatement découvert les chaussures de mon cœur : elles se voyaient de loin, d'ailleurs : rouge sang, toutes simples. En cinq minutes, nous aurions pu sortir de là, Maman aurait cessé de pousser ses soupirs d'outre-tombe, et moi, j'aurais pu m'envoler chez Stéphanie pour faire admirer mes pieds et jouer au *Zorgon,* mais ma mère a tenu à ce que j'essaie toute la rangée des chaussures « légères ».

Elle me faisait enfiler tous les modèles l'un après l'autre, même

les plus tartes, puis elle me forçait à marcher avec, et comme les chaussures de chaque paire étaient attachées entre elles par un fil de fer, je pratiquais un drôle de sport, perdant l'équilibre au milieu des gens qui me bousculaient comme si j'étais une quille.

Ma mère n'arrêtait pas de s'extasier sur une paire de baskets bleu clair, elle essayait de m'influencer, mais j'ai quand même conquis les rouges, à 98 francs.

Ensuite, sur la route du SCO-LAIRE, j'ai fait un petit détour, slalomant entre les SURGELÉS, et les CONSERVES. J'ai entraîné Maman vers la CONFECTION DAMES pour qu'elle y jette un rapide coup d'œil : j'aurais tant aimé qu'elle ait le coup de foudre pour un pantalon mode, un peu bouffant, qui serre les chevilles... qu'elle ressemble un peu à la mère de Nadège Salomon, qui a les cheveux dernier cri, tout raides, des chemisiers en dentelle ancienne et des pantalons couleur bordeaux, si raffinée. Une vraie page de magazine. Mais Maman m'a dit sèchement qu'elle ne tenait pas à ressembler à un nounours. D'ailleurs, elle regardait plus loin, hypnotisée par le SCOLAIRE. Elle m'a ordonné :

— Montre-moi ta liste, qu'on en finisse. Vite !

Zut de mince ! J'ai eu beau chercher partout dans mes poches, avec cet anniversaire qui me pendait au nez, je l'avais oubliée, ma liste !

Sous le choc, ma mère s'est disloquée comme un pantin, bras ballants, tête lourde. Elle gémissait :

— Tu ne comprends donc pas que je suis crevée, que j'ai mal aux reins ! Je n'en peux plus !

Elle était à l'agonie. Peu à peu, elle a retrouvé son souffle, sa voix devenait aiguë de colère, elle s'est mise à enfiler les reproches, et ça défilait, ça défilait, ça durait comme le noir du tunnel quand on espère tant la lumière. Aux dernières nouvelles, j'étais : une « égarée », une « fofolle » et, pire

encore, « un bébé de dix-huit mois ». Pour comble de malheur, juste en face, rayon CLASSEURS, il y avait une spectatrice : Emmeline Chaix, la première de ma classe, qui se prend pour un miracle de la création. Elle faisait semblant de feuilleter un cahier et de le montrer à ses parents, mais elle nous regardait de biais : moi, penaude, serrant les lèvres et me tortillant comme si j'avais besoin de me gratter, et ma mère, en pleine grande scène de famille, qui postillonnait sur la foule. J'essayais de la calmer :

– Je m'en souviens par cœur, de ma liste, Maman, je t'assure...

... Et puis, subitement, il s'est encore passé quelque chose quelque part dans les hauteurs. Maman m'a interrompue, elle m'a tirée par la manche, ses yeux sont devenus brumeux, elle a murmuré :

– Écoute...

J'ai écouté... Au-dessus de nous, au-dessus du grand murmure des voix, on entendait ronronner une chanson :

J'ai touché l' fond d' la piscine
Dans ton p'tit pull marine
Mes yeux sont bleu marine...

C'était une voix de femme, un peu rouillée, une voix qui monte parfois trop haut et n'arrive plus à chanter, avec une musique qui vous prend dans ses petites vagues. Maman a dit :

— Cette chanson, je l'ai déjà entendue à Suma, et à Conforama... Chaque fois, je craque... Écoute...

Elle avait perdu ses rides, ma mère. Et les plis aux coins de sa bouche. Et tout d'un coup, il m'est venu l'envie, très fort, de la garder comme ça : contente. Lisse. Toute neuve... Sans plus réfléchir, je lui ai dit :

— Attends-moi ici... Prends-moi un compas, une règle de trente centimètres, et du Canson blanc. Je reviens...

J'ai zigzagué jusqu'au rayon DISQUES et j'ai demandé au vendeur :

— Combien ça coûte, un 45 tours ?

... Ça allait. Avec mes deux pièces de 10 francs, je pouvais m'en sortir. J'ai supplié :

— La chanson que vous venez de passer. Il me la faut absolument. S'il vous plaît. C'est urgent. C'est pour ma mère. Vite, vite, je dois aller à un anniversaire...

— C'est l'anniversaire de ta mère ?

— Non, non...

Je gémissais, je joignais les mains comme pour une prière :

— Il y a ma mère, et puis, il y a l'anniversaire...

Le vendeur a hoché la tête :

— Ho, ho ! L'affaire est grave !

Puis il a regardé le plafond, comme si ma chanson y était collée. Il m'a demandé :

— C'est celle-là que tu veux ?

Hélas ! Ce samedi était vraiment un jour tordu : rien ne marchait comme je le voulais. Ce maudit magasin avait changé de musique, et on entendait vibrer sur un rythme d'enfer :

C'est la nuit, c'est la nuit des fous
C'est la nuit, c'est la nuit papou
ouaououououh !

avec une batterie qui tonnait comme une bombe.

J'ai trépigné :

– Non, non. Pas celle-là. Celle d'avant. C'était une chanson douce, voyons...

Le vendeur s'est mis à chanter et à tanguer, tout en continuant à regarder au plafond :

La vie est faite pour vivre
Et pas pour autre chose...

J'ai secoué la tête très fort de droite à gauche. Alors le vendeur a swingué, tandis que sa mèche noire lui tombait dans l'œil :

*Pleure un bon coup, ma petite
Véro...*

— Non, non et non !
Alors le vendeur a embrayé sur
une chanson en anglais, avec des
syllabes qui traînent et réson-
nent... Il planait sans se presser,
les mains en l'air : ça faisait oasis,
là, en plein milieu des étalages...
Ses chansons, il avait l'air d'y
croire, quand il se berçait et qu'il
levait les yeux. Il était petit, un
peu gros, avec une large moustache. Sans blague, j'avais l'impression qu'il volait, et si j'avais eu
le temps, je lui aurais fait chanter
tous ses disques, de sa voix épaisse
et merveilleuse. Mais je répétais :
— Non. Ce n'est toujours pas celle-
là. Attendez, je me souviens. C'est
une sorte... de... piscine...

— Ah ! Il fallait le dire plus tôt ! Et voici *Pull marine*, chanté par Adjani, sur une musique de Gainsbourg, en 45 tours, pour 15 francs 20 !

Il annonçait comme un speaker de radio : il était cultivé. Je me suis promis que désormais, je dépenserais tout mon argent de poche au rayon DISQUES du supermarché.

Maman passait déjà à la caisse 5, elle avait retrouvé son air jaune et son dos voûté. J'ai fait la queue à la caisse rapide sans qu'elle me voie et, pour payer, j'ai utilisé l'argent du cadeau d'anniversaire.

Lorsque Maman a eu fini de remplir son sac, je l'ai rejointe et je lui ai révélé d'un coup :

— Regarde ! Une surprise !

Stupéfaite, elle examinait mon disque : je lui aurais offert un ours

panda, elle n'aurait pas été plus interloquée. Son visage s'est arrondi, elle m'a saisi la tête entre ses deux mains :

– Ô *draga !*... Quel samedi inoubliable je vais passer ! Je vais écouter cette chanson jusqu'à ce que le saphir passe à travers le disque...

28

Nuit et jour!... (Maman exagère toujours, c'est son style...)

Tout à coup, elle s'est inquiétée :
– Mais... pour payer... Olgi, comment as-tu fait ?

Je voulais que mon cadeau soit un vrai cadeau, payé par moi-même, alors j'ai menti :
– J'ai pris sur mes économies...

C'était faux. Quelques jours plus tôt, j'avais voulu faire comme certaines filles de ma classe et j'avais dépensé tout mon argent de poche au photomaton : huit photos pour 18 francs. Je les avais collées sur un cahier exprès, avec des titres : *Moi sans ma frange, Moi avec casquette, Moi en colère, Moi Punk, Moi à lunettes, Moi grande chanteuse internationale, Moi maîtresse d'école, Moi à grimaces.* Et maintenant, j'étais : *Moi toute maigre avec rien du tout.*

Sur le chemin du retour, j'ai marché légère comme si j'étais Dieu. Mais ensuite, arrivée à la maison, pendant que maman se plongeait dans sa fumée de cigarette et dans sa musique, je me suis affolée, tout à coup. Je pensais à Stéphanie Murger et j'étais dans les transes.

Je secouais frénétiquement tous mes tiroirs pour y trouver des pièces de monnaie : mais zéro. Pas un centime. Pas le moindre petit pois tout sec. J'ai été tentée de me servir dans le porte-monnaie de ma mère, mais c'était impossible : elle compte et recompte ses sous, avant les courses, après les courses, une vraie Mme Fric.

Vous est-il déjà arrivé d'être à la fois formidablement génialement contente et super ennuyée ? C'était mon cas : je riais aux anges, en

entendant le disque de ma mère.
Et j'étais catastrophée pour Stéphanie. Et il était déjà trois
heures. Pour me réconforter, je
contemplais mes chaussures brill-
lantes, qui éclataient de neuf. Mais
plus le temps passait, plus je me
recroquevillais à l'intérieur.

Je me suis assise sur mon lit, j'ai
tiré ma couette sur mon menton,
comme toujours dans les cas
graves. Et puis, avec des yeux de

31

mérou, je me suis mise à contempler le poster sur le mur. Maman me l'a offert pour mes neuf ans. Il est bourré de personnages complètement cinglés : au centre, un vieux pépé chaussé d'énormes pantoufles reçoit ses cadeaux d'anniversaire, justement. Ses amis lui apportent des choses rigolotes : un éléphant à nœud rose, des Kleenex, un dentier dans un verre, un char d'assaut, un pétard...

J'ai eu beau chercher une idée valable, je n'ai pas trouvé. Même en collant mon nez sur l'image. Finalement, la seule solution qui m'est venue à l'esprit, c'était d'offrir le poster lui-même, un peu défraîchi, avec ses quatre trous dans les coins, à l'endroit des punaises... ce n'était pas sensationnel...

La mort dans l'âme, j'ai détaché

mon vieux débris de poster, je l'ai délicatement placé dans une chemise en carton, pour la présentation. Et puis j'ai embrassé ma mère qui, toujours en extase devant son disque, l'écoutait et le réécoutait. Elle ne se doutait pas le moins du monde du supplice que sa fille endurait pour elle.

Je suis partie de chez moi comme une condamnée. J'étais en retard, je me pressais. J'avais l'impression d'entendre mes copines jouer au *Dark Star* en poussant des cris. Peut-être Stéphanie ferait-elle la grimace en voyant mon poster ? Peut-être ne voudrait-elle plus de moi pour jouer ? Qu'allait-elle penser ? Que j'étais pauvre ? Ou avare ? Et sa mère distinguée, que dirait-elle en voyant mon image un peu froissée ? Je n'agitais que des pensées noires, tandis que je courais à perdre haleine. Je cherchais des excuses :

« Bonjour Stéphanie... J'ai pensé qu'un simple petit poster... euh... ben... par rapport à tous ces jeux électroniques... tu vois, c'est plus calme... (non, ça, comme argument, c'était franchement idiot)... ça... ça... enfin, c'est un souvenir : c'est vrai, un souvenir... »

J'ai frappé à la grande porte ornée d'une plaque de cuivre :

M. et Mme G. Murger

Mon cœur battait la chamade. La porte s'est ouverte : tout le monde était déjà là, mais on n'entendait pas de cris d'anniversaire : il y avait une odeur de chocolat. Les filles étaient assises, polies, bizarres, autour de la nappe blanche et de la jolie vaisselle. Un peu partout, des lampes étaient déjà allumées, elles faisaient briller les murs jaunes. On sentait qu'il ne fallait pas trop bouger...

Je n'ai pas eu le temps de montrer ce que j'avais apporté, Stéphanie m'a poussée dans le salon et sa mère s'est exclamée :

– Nous t'attendions avec impatience, Olga. Puisque tout le monde est arrivé, Stéphanie, déballe donc ton cadeau !

... Dans le salon, régnait un silence de mort. Stéphanie est partie dans une autre pièce, puis est revenue avec un gros paquet. Elle l'a posé sur le guéridon, devant nous. Nous suivions ses gestes du regard. Mme Murger souriait d'un air ému. Stéphanie a déchiré le papier rouge dans un grand élan de triomphe. Et devinez ce que nous avons découvert ! Du neuf !

Du palpitant! Du jamais vu!...
Attendez, je vais vous aider :
Ça bâille comme
une huître,
ça a une grosse bedaine
qui avale tout,
ça a une peau
de rhinocéros,
ça pense,
ça réfléchit beaucoup...
Vous ne trouvez pas ?
Ça dégage une odeur,
c'est rigolo comme...
une école,
c'est passionnant comme...
une dictée...
Ça y est ? Vous avez trouvé ?

Eh bien oui, avec notre argent,
Stéphanie Murger s'était acheté...
un cartable !
Pour un cartable, c'était un beau
cartable ! Bleu et rouge, brillant,

quelqu'un veut regarder mon cadeau à moi?

plein de fermetures à glissières, bourré de poches, et dégageant une forte odeur de neuf. Mais, quand même,... un cartable...

Nous cinq, les élues-à-l'anniver-saire-de-Stéphanie-Murger, nous étions aussi sonnées que si elle nous avait exhibé un Martien doté de cinq antennes sur le crâne et d'un nez en tire-bouchon. Pétrifiées, nous étions. Et puis Mélanie s'est renfrognée, Sidonie a soupiré et s'est mise à fixer un coin de rideau, avec un air de jour de pluie. Rachida se mordait les lèvres, Christelle semblait très occupée à chiffonner le bas de sa robe. C'était mortel.

J'ai hésité, puis je me suis lancée, et j'ai proposé timidement :
— Quelqu'un veut-il regarder mon cadeau ?

Toutes les filles ont pointé le nez sur mon poster débile, leurs éclats de rire ont fusé, et alors, d'un seul coup, la fête a commencé.

ma avec colère

2. Pince-mi, pince-moi

Nadège Salomon et Sidonie Gaden ont tout pareil, même leurs nattes, même leur T-shirt, marqué CROSS, en gros. Un jour, l'année dernière, à la récré, elles m'ont corné aux oreilles, devant tout le monde :
– Dis donc, ta mère, elle n'est pas française ! De quel pays vient-elle, au juste ?

J'ai voulu m'éloigner, mais elles

m'encadraient comme si elles étaient des policiers :

— Elle prononce drôlement, ta mère, elle roule les *r* : nous l'avons entendue à la réunion des parents d'élèves... Nous y étions aussi...

En réalité, je n'aurais jamais dû laisser Maman aller à la moindre réunion : dès qu'elle parle, elle fonce comme une autoroute et, en prime, elle arrose le public de ses postillons...

J'ai répété que j'étais française. J'ai expliqué que ma mère s'était fait naturaliser en venant de Hongrie, depuis quinze ans déjà. Je mentais un peu. Maman a été naturalisée quelques années seulement avant ma naissance, il y a douze ans je crois. Je trichais sans même savoir pourquoi. Mais les deux filles se sont regardées avec

dis donc ta mère... elle n'est pas française

des yeux de hibou, elles ont haussé les épaules et elles ont dit :
– En somme, tu es hongroise !... Où peut-il bien se trouver, ce pays-là ?

Nadège avait prononcé exprès « hongrrrrrroise », en tordant la bouche comme si elle mordait dans un citron. Alors les autres, les copains dans la cour, ont eu un petit sourire, et moi j'étais rouge et révoltée : parce que je suis française et re-française. Je parle français, non ? Je vis en France ! J'écris en français, je suis une championne de la rédaction, Mme Piétret le disait souvent quand j'étais au C.E.2 : « Olga s'exprime très bien. » Et je fais de beaux poèmes, en pur français des Alpes. J'aurais voulu crier cela de toutes mes forces, et leur coller à tous des coups de pied qui les auraient cassés en morceaux, mais le silence m'a étranglée, et j'ai fait semblant de sourire avec les autres. J'avais l'air fin. Sidonie Gaden s'adressait à la galerie en évitant de me regarder, elle a proclamé comme s'il s'agissait d'une victoire de Coupe du monde :

— Moi, on peut dire que je suis vraiment du coin. Mon père est né ici même, à Saint-Jean-de-Maurienne, à côté du presbytère, et ma mère vient de Modane.

Je craignais qu'elle ne se mette à

parler des pères, parce que moi, en plus, je n'en ai pas. Je transpirais, mes mains étaient gluantes... Mais non. On se serait cru à la foire aux bestiaux dans ce vacarme, chacun s'était mis à se vanter de ses grands-mères et de ses grands-pères, des Savoyards pur sang de Chambéry, d'Albertville, ou de Pontamafrey... Sauf quelques-uns, qui restaient plantés là, comme des poteaux : Rachida Elouazzani, par exemple...

... Depuis cette maudite discussion, j'ai toujours l'impression qu'on remarque Maman. Elle m'agace. Je trouve qu'elle cloche. Moi, je n'attire pas l'attention, on dit : « Olga, c'est une puce, on ne la voit pas... » Mais ma mère... Franchement, je la trouve grosse : de dos, à cause de son derrière. Et de face, à cause de ses seins. Lorsqu'elle parle, qu'elle fait ses courses, par exemple, elle se scandalise toujours à haute voix : « Regarde, Olgi chérie, quelle honte de vendre ces rogatons malades à 7 francs ! » D'accord, elle n'est pas riche : elle travaille à la bibliothèque municipale, à l'annexe. Mais quand même. Un jour, le vendeur a avancé la tête comme un coq furieux, son cou s'est gonflé, j'ai bien cru qu'il allait la tuer, et il l'a traitée de « perruche exaltée ».

Malgré tout, Maman, je l'aime terriblement : quand je pense à elle, le soir, parfois, je fais une véritable crise d'amour. Je pleure, les larmes glissent dans mes oreilles, ça chatouille. Je dis : « Ô Mamouchka ! » et il me semble que je l'entends me répondre tout

bas : « *Olgi draga, poutchika* chérie, ô ma *chichka, kintchem !* »
avec un bourdonnement tellement
sucré qu'il me serre le cœur. Je n'ai
qu'une maman au monde, le jour
où elle mourra, je me tuerai, et je
ne veux pas qu'on se moque d'elle.

Et puis... j'avais tout juste mis
les pieds au C.M. 1, cette année,
qu'il m'est arrivé quelque chose
de terrible. C'était il y a trois
semaines. Je m'en souviendrai toujours. Un lundi matin, Mme Dutour, ma nouvelle maîtresse, nous
a annoncé un affreux événement.
Je la revois encore, avec son jean
bouffant et son polo jaune, et, sur
ses joues, deux ronds de maquil-
lage rose. J'ai tout de suite senti
une menace sur moi : elle a levé
son index, elle a arrondi ses yeux
bleus qui étincelaient comme si on

les avait passés au Paic citron. Elle s'est tournée vers moi, elle a posé son regard sur ma tête, et elle a déclaré :

— Une bonne nouvelle, les enfants !

Il y a eu grand silence. Mme Dutour a souri d'un air gourmand, montrant ainsi sa dent de devant, celle qui avance un peu. Elle a ajouté en articulant bien, pour aller le plus lentement possible et nous faire gémir d'impatience :

— Samedi matin, 12 octobre...

Elle nous a regardés en insistant sur moi, mon cœur battait et tambourinait jusque dans mes oreilles :

— ... tous ensemble, nous allons faire une sortie...

La voix de la maîtresse était un murmure et la classe retenait son souffle :

— ... à la bibliothèque municipale !

46

Tout en haut de la ville! A l'annexe! On vient d'y créer un coin
pour les jeunes, avec des livres
tout neufs.

Les autres, ils ont poussé leur
« Aaaaah ». Ils font toujours cela
pour plaire à la maîtresse. Il suffit
que l'un commence, c'est souvent

Emmeline − elle colle Mme Dutour comme un chewing-gum − elle fait « Aaaaah » ou « Oooooh », ça dépend de la nouvelle, et alors tout le monde s'y met, en concert. Si la maîtresse, un jour, disait, sur un ton qui lui fait des yeux tout ronds : « Les enfants, fourrons nos doigts dans les prises électriques », tous ces béni-oui-oui bêleraient « Aaaaah » et tomberaient raides morts électrocutés.

En tout cas, moi, quand j'ai entendu la « bonne nouvelle », ça a grésillé dans ma tête, et je n'ai plus existé pendant quelques secondes. J'avais peur que Mme Dutour ne parle de ma mère, mais non, elle m'a bien regardée et c'est tout. J'étais assommée : ding ding dong ! et je pensais :

« Aïe ! Toute la classe, Mme Dutour en tête, va visiter ma propre mère comme si elle était un monument historique ! »

... J'imaginais la scène : Maman dans la robe de cretonne qui lui moule les fesses... Je lui dis souvent qu'elle devrait porter autre chose, mais elle répond : « Je suis très bien dans cette petite robe ! Les rondelettes comme moi, quand elles sont moulées, ça les amincit ! » Puis elle lève un bras, met la main sur la hanche et fait de petits pas en se dandinant comme une danseuse hawaiienne. Moi, j'étouffe de fureur, je fais la grimace, et Maman rit de me faire enrager...

Je me disais : et si elle se mettait à danser devant la classe ? Hein ? Juste pour me narguer, juste pour me montrer qu'elle se moque de ma sagesse ?... On monte l'escalier qui mène à l'annexe. On ouvre la porte vitrée. On est en rang, et la maîtresse a fait : « Chut ! Silence ! On est arrivé ! « On regarde. Et qu'est-ce qu'on voit ? Kosztolanyi Magda, ma mère, dans sa robe mauve qui lui remonte toujours un peu derrière. Elle s'avance vers nous et chante : *Pleure, vieux tzigane*, en se balançant comme un ours, et... Non, j'exagère... Mais si elle m'appelait en hongrois : *boldogsagom*, tout le monde comprendrait : boule de chewing-gum, oille, oille, oille ! Si elle poussait des cris, comme chaque fois qu'elle rencontre une connaissance ? Elle adore les points d'exclamation. Je suis même sûre que si elle était menacée par un crocodile ouvrant la gueule pour la dévorer, elle prendrait encore le temps de le saluer : « Vvvvvous ici ! » exactement comme si le Messie lui apparaissait dans un nuage doré.

J'imaginais Maman cachée derrière les rayons de sa bibliothèque, fondant sur nous tout d'un coup : elle traverserait toute la pièce de son pas lourd, les mains sur le cœur comme une cantatrice, et lancerait : « Vvvvvvvous ici ! Enfin ! les amis d'Olga ! Et cette chèrrre madame Dutour, dont j'entends si souvent parler ! Olga vous aime tant ! Elle me parle même de la couleur de vos collants ! »... Non, ce serait trop affreux. Mme Dutour deviendrait verte et la classe se mettrait à glousser, Sidonie Gaden pousserait du coude Nadège Salomon, elles se chuchoteraient quelque chose à l'oreille en me toisant à la dérobée, pendant que Maman, me serrant contre son ventre, raconterait à voix haute ma vie privée...

Les idées mauvaises me bourdonnaient dans la tête comme des moustiques ensorcelés. En classe, pendant que Jérôme faisait son exposé sur les Indiens, je n'ai rien écouté. A un moment, j'ai sauté en l'air parce que les élèves riaient en regardant ce dingo de Cyril : il devait encore avoir posé une question débile, mais je n'ai pas cherché à me renseigner. J'aurais voulu devenir une fourmi. Moins encore : un microbe. Personne ne me verrait, et ma mère-microbe pourrait se promener dans toutes les bibliothèques de France, en robe caca d'oie, avec ses doudounes télescopiques, je la laisserais vaquer à ses affaires sans la surveiller.

Le soir, à la maison, j'ai guetté l'arrivée de Maman, et dès qu'elle m'est apparue, coincée dans l'encadrement de la porte de la cuisine, je lui ai crié en pleine figure que ma classe allait venir la voir. Elle le savait et elle n'avait pas l'air troublée par l'événement. Elle est entrée, s'est mise à chanter devant la cuisinière : *tirididondon !* Elle a craqué une allumette : *tiridondidi !* Elle s'est brûlé le doigt : *tiridondidon !* Puis elle a mis l'eau des nouilles à bouillir. Voilà bien Madame : toute une classe de rigolos allait déferler dans sa bibliothèque et l'observer de ses 1 148 yeux, et elle tiridondidait...

En attendant que l'eau se mette à bouillir, Maman avait décidé de changer l'ampoule de la cuisine. Elle était debout, pieds nus, sur notre petite table, la toile cirée bleue faisait des reflets comme de l'eau, et il m'a semblé que ma mère était une sorte d'hippopotame. Oui. Voilà ce qu'elle était ! Je lui ai recommandé :

– Surtout, quand nous irons à la bibliothèque, tâche d'être discrète, au moins !

Elle s'est mise à rire si fort que l'ampoule s'est agitée comme s'il y avait un tremblement de terre. Là-haut, de son perchoir, elle m'a fait un clin d'œil moqueur :

– Moi, discrète ? impossible, tu le sais bien ! Je vais mettre au point un numéro diabolique : je vous parlerai de ma famille de vampires hongrois. Tu t'imagines, avec une grand-mère et un grand-père vampires ? Tes amis ne seront pas déçus, je vais les secouer, je te le promets !

J'ai trouvé que ce n'était pas rigolo, et Maman m'a traitée de « pisse-vinaigre » :

— Jamais je n'ai vu une fille qui ait si peu d'humour !

Comme si on pouvait avoir de l'humour quand on va visiter sa propre mère en groupe ! La situation m'a semblé irrespirable, atroce, terrifiante. Il faut dire que moi, j'exagère toujours. Maman m'appelle : « Mademoiselle Oh ! la la ! » Mais quand même...

Le lendemain matin, j'ai décidé de me confier à Rachida. C'est ma copine. J'aime sa façon de froncer le nez et lorsqu'elle rit, on dirait qu'elle sort toutes ses dents. Dans la lutte contre les zéros, les punitions, et toutes les catastrophes, elle est formidable : elle hausse les épaules, elle gonfle les joues et elle fait : « Pfeuh, ben quoi ? »... Moi, c'est le contraire, je fais : « Quel malheur ! »

Dès que j'ai eu pensé à Rachida, j'ai tout enfilé à la va-vite : manteau, clef autour du cou, bottes, cartable sur le dos, et j'ai foncé à l'école. Mon cœur battait à gros bouillons, prêt à me remonter dans la bouche. J'ai atterri dans la cour, j'ai attendu que les petites sœurs de Rachida nous lâchent, et j'ai confié :

— Tu sais, quand on ira à la bibliothèque avec la classe, on verra ma mère...

— Quoi ? Qu'est-ce que tu racontes ? Parle moins vite, je n'y comprends rien !

— Tu-sais-quand-on-ira-à-la-bi-bli-avec-ma-mère... non... avec-la-classe, on-verra-ma-maman...

— Ben quoi ? Superchouette !

Alors moi, j'explique, en baissant encore la voix :

— Je suis bien embêtée, parce que...

Voilà Rachida qui sort toutes

ses dents et se moque de moi :
— Madame prend ses grands airs
parce que sa mère est bibiblibli-
bliothécaire ! Arrête ton char, princesse !

Je veux protester, mais elle est
déjà partie en courant ; elle se
retourne une dernière fois pour me
crier :
— Ho ho ! on fait des manières,
mademoiselle la bibibibliblibli-
blibliblioparterre !

Elle a attrapé Nathalie par le
cou, et toutes les deux s'en vont
cancaner dans les buissons,

tchtchtchtch .... tch ...

tchtchtchtch, avec des yeux comme des bombes...

J'étais vexée, mais vexée ! Comme une chaussure trop petite !... Rachida n'était plus ma copine : fini. Rayée de ma vie. Elle ne comprenait rien. Mais je devinais pourquoi elle était si aigre : avec son méli-mélo de sœurs, elle m'en voulait d'avoir une mère juste pour moi, une chambre juste pour moi, la jalousie lui mettait du poivre au cœur... Pourtant, moi, quand j'ai un souci, qui peut le partager ? Zaïa, Zoubida et Rachida se disputent jour et nuit, mais elles se disent aussi plein de petits secrets et de grosses confidences... Moi, je n'ai personne. Alors, je me suis dit : « Cette fille me déçoit beaucoup. Tout est fini entre nous. »

Les jours suivants, tout s'est déglingué, et je suis tombée dans un gouffre de malheur.

A l'école, j'ai eu zéro à mes multiplications. Mme Dutour s'en prenait à moi toutes les cinq minutes, je voyais bien qu'elle m'avait en grippe... Aux récrés, Rachida se mettait avec Nathalie. Et lorsque je rentrais à la maison, Christelle Baudot, qui habite au 5, à côté de chez moi, ne me raccompagnait même plus...

Avec ma mère, c'est devenu l'enfer :

— Pourquoi encore cette mauvaise note en calcul ? Et cesse de jouer avec ta fourchette, ça m'énerve. Je me demande, franchement, où tu as la tête...

(Quand Kosztolanyi Magda dit « franchement », comme cela, en appuyant sur le mot, c'est « franchement » mauvais signe. Et moi, j'ai « franchement » envie de rigoler, surtout quand elle fait ses grands gestes, comme si les extraterrestres menaçaient d'envahir la terre.)

— Tu n'as même pas songé à acheter le lait. *Yoïh !* Tu vis sur la lune, ma parole... *Nem ertem...*

Pour ne rien arranger, elle criait en hongrois, comme chaque fois qu'elle a le moral à zéro :

— *Menyi gondom van azzel a leanylcaval...*

Le hongrois, je le comprends, mais je ne m'y intéresse pas : la voix de Magda était tellement désagréable que j'avais envie de me boucher les oreilles...

Le lundi soir, lorsque j'ai vu ce qu'elle avait pris à la Coop, ça a été à mon tour d'être furieuse : elle avait encore osé prendre du Prima, cet horrible shampooing bon marché qui ne mousse même pas. Et mes pellicules, alors ? Mes cheveux pouvaient tomber par touffes, elle s'en moquait ! Et elle avait encore prévu du bœuf aux oignons et des pommes au four. Je lui ai répété cent fois, pourtant, que son ragoût m'écœurait. Devant toutes les horreurs qu'elle déballait de son sac, j'ai explosé :

— Tu ne prends jamais ce dont j'ai envie : et mon Nutsy ? Et mon réglisse ? Ne me demande plus mon avis, désormais... Fini... fini...

J'ai fermé à clé la porte de ma chambre, pour lire tranquille mon *Diloy le chemineau.*

Il y a des jours où Maman m'agace... Il faut voir, par exemple, comment elle fait son ménage. Pas de quoi rire, vraiment. Elle met l'électrophone à pleins tubes, avec un air d'opéra, et elle passe son chiffon à poussière sur nos trois meubles en suivant le rythme et en agitant la tête comme un balancier d'horloge. Cela fait sautiller sa misérable queue de cheval (plutôt sa queue de lapine) et, pour essuyer le buffet, les rayons de livres et la table de télé, elle met une heure. A un moment donné, je

me suis permis de lui demander ce qu'on allait faire dimanche : Madame n'a pas pu répondre, elle chantait du Verdi à son géranium...

La crise a éclaté à propos de mon bilboquet. C'est M. Menaz, de la Coop, qui me l'a donné : il me l'a spécialement mis de côté le jour où on lui en a livré avec les barils de lessive. Dans le quartier des Sapins, on doit organiser un championnat, je compte y participer, il faut que je m'exerce... Le mercredi arrive, jour de bilboquet... Plus de bilboquet, bien sûr ! J'ai tout de suite pensé que Maman avait dû négligemment le jeter à la poubelle, emportée par son Verdi : je la connais... Ce bilboquet, je l'ai cherché partout, j'ai cru devenir folle : armée d'un manche à balai, je suis descendue au sous-sol pour remuer les ordures de la grande poubelle de l'immeuble. Je ressemblais à une sorcière faisant sa soupe, c'était dégoûtant ! J'aurais voulu tout casser, comme si j'avais avalé de la dynamite. J'aurais aimé quitter ma mère, pour qu'elle comprenne : je n'avais ni frère, ni sœur, ni père, j'étais toute seule et, en plus, elle me confisquait mes objets personnels... Eh bien, je m'échapperais... Je trouverais bien un parking, ou un garage, je m'y cacherais, elle me chercherait partout, et moi, je serais avec mon petit ami, oui oui, un voyou de bas étage, recherché par Police-Secours : Ça lui ferait les pieds, à ma mère... Il ne lui viendrait plus à l'idée de me ridiculiser devant mes copains de classe, ni de jeter mes plus beaux trésors... Je lui parlais en moi-même, je lui disais des mots sales, des mots défendus et, en même temps, je me trouvais méchante, féroce, et scandaleuse.

Le mercredi soir, Maman rentre toujours un peu plus tôt de son travail, soi-disant pour rester avec moi. Je ne lui ai même pas adressé la parole. Je voyais qu'elle me jetait son regard pénétrant numéro un en tirant sur sa ciga-rette, et ça m'agaçait encore plus. Elle a fini par me dire :
— Tu sembles fatiguée, fifille ! Ça doit être l'école ! Ce soir, tu iras te coucher tôt !...

J'ai dit que je me portais comme un charme et que, si seulement j'avais mon bilboquet, ça irait encore mieux :
— Ne crie pas ainsi, Olga, qu'est-ce que c'est que ça ?

J'ai imité Maman, j'ai pris une petite voix idiote :
— Ne crrrie pas ainsi, Olga !...
Maman s'est levée, elle m'a attrapée par l'épaule, sa main me serrait très fort, comme une pince, elle a crié :
— Arrête !
Ma bouche se tordait et parlait malgré moi, et plus je regardais Magda, plus la tête me chauffait, je voulais absolument lui dire quelque chose de méchant. Alors je répétais :
— Ne crrrrrie pas ainsi, Olga !

Maman m'a giflée. Je suis allée buter contre la table et j'ai renversé la chaise en paille. Je me tenais la joue à deux mains, je n'arrivais plus à respirer, je suffoquais. C'était la première fois depuis très longtemps que Maman me battait, et j'ai déclaré, en la regardant droit dans les yeux :

— Et d'abord... tu n'es même pas capable de parler français...

Je me dirigeais vers ma chambre comme une somnambule, j'avais hâte de m'y enfermer. Et pourtant, je suis restée là, plantée dans la pièce, sans pouvoir partir.

Maman a hurlé :
— Comment cela, je ne sais pas parler français ? Et comment suis-je devenue bibliothécaire, alors ?

Moi, j'ai bavé :
— Tu roules les *r*... Tu les roules, tu les roules, tout le monde le sait...

Je suis enfin allée m'effondrer sur mon lit. Je me frottais la tête contre ma couette et je répétais :
— Cette grosse vache, elle les roule, oui, elle les roule...

prends du sucre dans le placard, s'il te plaît, Olga...

Le lendemain, Maman a fait comme si rien ne s'était passé, mais ce n'était pas vrai : son sourire était raide, comme gelé. Elle serrait tellement le nez et la bouche qu'en moi-même je l'appelais la « Pince à Linge ». Elle ne plaisantait pas, elle parlait poliment. Elle m'a dit d'une voix convenable : « Prends du sucre dans le placard, s'il te plaît, Olga »

... « Surtout n'oublie pas ta clé », comme dans un feuilleton-télé où il faut bien prononcer et se tenir droit : moi, j'aurais accepté un petit *kintchem* avec caresse décoiffante sur la tête, ou un *edechem*, comme quand elle me serre contre son ventre et que je réponds : « Laisse-moi tranquille. »

Nous évitions de nous cogner l'une à l'autre, et c'était une véritable épreuve, car notre cuisine est petite, avec la baignoire-sabot collée à l'évier et la grande armoire qui bouche le passage. Nous faisions attention à tout, on aurait dit qu'un espion était caché quelque part... Elle a préparé son café sans chanter, et avant de partir au travail, elle ne s'est même pas exercée, comme d'habitude, à faire ses cinq minutes d'accordéon. Elle

s'était métamorphosée en abomi-
nable-dame-sérieuse pire que
jamais...

J'ai pensé qu'un « pardon »,
même dit à voix basse, pourrait
nous sauver : il suffisait de le prononcer comme il fallait...
Le soir, assise sur mon lit, ma
couette remontée au menton, je
me suis exercée. Mais les premiers
« pardon » que j'ai lâchés étaient
d'un gnangnan ! On aurait dit que
je lançais des S.O.S. au cours d'un
naufrage ! Alors j'ai recommencé
en me surveillant dans la glace,
mais j'ai émis une suite de petits
« pardon » trop légers, du genre
« Salut, les copains ! » Alors je me
suis reprise, et mon « pardon » a
claqué comme une gifle. C'était
vraiment difficile. Finalement, j'ai
décidé de laisser aller un pardon-

nature, je me disais que pour un mot de rien du tout, qui ne dure qu'un quart de demi-seconde, ça ne valait pas la peine de se compliquer l'existence : « Pardon ? » Pfeuh, un petit vent, quoi... Pourtant je n'ai pu m'empêcher de le répéter encore dans le noir du couloir qui mène au séjour, puis j'ai fait une halte, à l'abri, dehors, sur le palier, dans mes chers W.-C. (il faut dire que ce « pardon » à problèmes m'avait collé mal au ventre), et là j'ai tout mis au point : avec énergie, j'accentuais le « par » et je jetais le « don », l'air de dire : « Il ne faut tout de même pas exagérer, c'est terminé, point final, et adieu Berthe. »

Enfin, je me suis précipitée jusqu'au séjour pour lancer le « pardon » tout chaud à Maman, mais elle était encore en train d'écouter

un disque, elle avait les écouteurs sur les oreilles, elle fermait les yeux en s'agitant dans son vieux fauteuil. J'en ai profité pour lui jeter des « pardon » rigolos, accompagnés de révérences, en ôtant un chapeau imaginaire... Soudain elle m'a regardée, elle a enlevé ses écouteurs. J'ai été tellement surprise que mes « pardon » se sont tous envolés.

Quel malheur ! Déjà mardi !...
La visite devait avoir lieu quatre
jours plus tard !... Je couvais un
souci gros comme un œuf d'au-
truche... Depuis que Magda était
devenue, grâce à moi, cette
Mme Kosztolanyi pincée, je me
sentais encore plus seule et per-
due, j'étais obsédée... A quatre
heures, d'habitude, ma tartine de
miel est pour moi un vrai délice :
pain légèrement salé, miel trop
sucré qui fait faire une petite grimace... Maintenant, je me retrou-
vais en train de mâcher une bouil-
lie sans goût, ce n'était plus une
tartine de miel, mais une tartine
de visite-de-bibliothèque ! A la
télé, aux informations régionales,
on a montré une classe en train de
faire de la peinture et moi, l'obsédée, j'ai aussitôt imaginé une
Mme Kosztolanyi, grosse, sévère,

ennuyeuse, polie, la cigarette sèchement plantée au coin des lèvres, trônant au milieu de ces enfants qui ricanaient : « Pas commode, la Pince à Linge ! » Si je rencontrais une dame pimpante, je la trouvais tellement plus jeune, tellement plus mode que Magda (ob-sé-dée), et tous les étrangers me rappelaient Maman et son accent hongrois : ob-sé-dée !...

Heureusement, je me suis réconciliée avec Rachida. C'est elle qui a commencé. A la sortie de l'école, il pleuvait, et Rachida avait un parapluie énorme, beige, avec un manche en bois : un vrai parapluie pour mémé géante. Je n'ai pas pu m'empêcher de rire en le voyant, et Rachida m'a causé : ça tombait bien, elle n'avait pas ses petites sœurs, elle m'a abritée, sans même que je lui demande. Nous nous sommes blotties sous le parapluie et j'ai dit :

— Ce serait notre fulguro-paraplo-fusée, cramponnons-nous, nous allons atterrir sur la lune !

Alors le fulguro-paraplo-fusée nous a guidées jusqu'à un banc mouillé, rue du Marché, au bord du trottoir : la place du Marché, c'était notre planète. Nous disions pour rire que les autos étaient des monstres marins qui faisaient gicler l'eau noire, et nous nous serrions l'une contre l'autre.

Au bout d'un moment, nous nous sommes confié nos impressions sur les garçons de la classe. Rachida estimait qu'ils étaient tous amoureux de moi. Elle exagérait, mais c'est quand même vrai, je ne sais pas ce que je leur ai fait, mais ils m'aiment : Stéphane, la tête-de-lune-aux-cheveux-fil-de-fer, n'arrête pas de me pincer, sans me faire mal. Gilles, le grand poireau, me fait toujours la grimace, à moi seule. Bruno, le rouquin plein de petites taches, m'a même fait passer un papier où il avait écrit : *Olga*. C'est lui mon petit chéri secret.

Rachida disait :

— Je t'assure, ils t'aiment.

J'ai eu peur tout à coup : « Quand ils auront vu ma mère, ils se moqueront peut-être de moi, à cause de son accent hongrois, ou de sa robe... Peut-être qu'ils me trouveront boudin... »

Je n'ai pas parlé de cela à Rachida. Pour lui faire plaisir à mon tour, je lui ai dit que Pierre Francoz l'aimait à la folie. Elle a secoué la tête d'un air scandalisé en roulant les yeux vers le ciel. Elle m'a dit que c'était un garçon sale, un morveux qui reniflait, un idiot, un vrai macaque, un pauvre nul à lunettes d'avorton et elle n'en voulait pour rien au monde.

Puis on a passé un moment à parler de la classe, on a rigolé à propos d'Emmeline. Le matin, elle n'avait pas vu entrer la maîtresse et, debout sur sa chaise, elle faisait Tarzan... Elle avait pris une de ces têtes quand elle avait vu Mme Dutour ! Tout le monde avait ri, notre fulguro-paraplo-fusée s'est agité de rigolade, et puis j'ai pensé que bientôt, sans doute, tout le monde rirait de moi. Mon cœur s'est arrêté net : ob-sé-dée.

Le jeudi, on a fait un match de hand contre les CM 1 de M. Pichut. Quand Stéphanie m'a fait la passe, j'ai dribblé comme une déesse et, malgré la grande Dompnier qui me gardait à vue, j'ai tiré à deux mains sur Gilles et il a marqué le but : on a gagné à 5 contre 3...

Après ce triomphe, j'ai eu re-zéro à mes multiplications, et le cafard m'a vraiment prise. J'aurais voulu tomber raide morte, mais comment y arriver ? Par contre tomber malade, juste pour la visite de bibliothèque, ce serait une bonne idée... Oh ! la la ! Quelques jours avant l'épreuve, j'avais déjà une boule dans le ventre et comme un mal de tête...

En classe, je poussais de gros soupirs, j'ai mis ma main sur mon front pendant l'interro de grammaire, j'espérais que Mme Dutour s'inquiéterait de mon état, mais elle ne s'occupait pas de moi. A midi, j'ai traîné exprès pour ranger mes affaires, je suis restée seule avec elle, j'aurais voulu qu'elle me demande :

— Qu'y a-t-il, mon petit ?

Mais elle s'est plongée dans son agenda noir à couverture de velours, elle m'a à peine regardée et elle a fait :

— Allons, allons, dépêche-toi de sortir, Olga... Tu traînes, ma fille...

D'abord, je ne suis pas sa fille. Et avec ma mère, je n'ai pas plus de chance. Elle n'accepte que les grosses fièvres vérifiées au thermo-mètre, avec microbes presque mortels : j'ai malheureusement abusé des bobos quand j'étais jeune, j'avais peur de M. Claudet, mon maître de CE1 : il avait le crâne rasé, une voix d'ogre et, à l'époque, j'étais abonnée à ma coli-que du matin, mon début d'angine de l'après-midi, et mes grosses coliques du soir. Maintenant Maman ne me croit plus, et je dois faire de terribles efforts pour tomber malade.

Alors le vendredi matin, au moment où nous partions au travail toutes les deux, sur le paillasson j'ai embrassé ma sérieuse mère Pince-Mi, Pince-Moi et je lui ai demandé, d'un ton suppliant :
— Ce soir, amène-moi un livre sur la santé...
— La santé de quoi ? a dit ma nouvelle mère.
— Comment rester en forme, et tout...
Je ne voulais pas parler de maladie, pour ne pas lui mettre la puce à l'oreille. J'espérais simplement que Maman me choisirait un bon dictionnaire médical. Et qu'en le feuilletant, je trouverais un moyen

pour me détraquer, des conseils du genre : *Ne buvez pas trop de lait, vous risquez d'avoir un hoquet interminable* ou bien : *Si vous mangez trop de nougat, vous attraperez d'affreuses cloques...* Dans ces deux cas, cela tomberait bien, parce que j'adore et le nougat et le lait... Mais j'étais prête à tout, même à avaler du cacao, qui me donne envie de vomir...

Et puis, le matin suivant, brusquement, tout a failli tourner au miracle, comme si le bon Dieu était venu rendre une petite visite à notre CM1. Mme Dutour a levé l'index, montrant par là qu'une idée bouillait encore dans sa tête. Elle a fait scintiller ses yeux et ses dents :
— Une surprise, les enfants !
Nous étions déjà drôlement sur-

une surprise les enfants!

pris, vu qu'elle portait une nouvelle tenue, rayée comme un tigre,
et des bottines noires, et que ses
cheveux se hérissaient de tous les
côtés, reteints à neuf en jaune
clair. Mais ce n'était pas de cela
qu'il s'agissait :
— Nous allons participer au grand

concours de poésie qui est organisé par le ministère de la Culture. Chacun de vous écrira un ou plusieurs poèmes, et les gagnants recevront un prix magnifique...

Aussitôt, Emmeline a lâché son « Aaaaaah ». Moi aussi. J'étais rudement contente, parce que l'an passé, au concours des CE2, j'ai écrit un poème grandiose, qui donnait beaucoup d'émotion. Cela commençait par : « Je t'écris sans te connaître... », et j'ai été classée numéro trois de l'école, et j'ai reçu deux livres : *Poésie un* et *Poésie Deux*, que je n'ai jamais lus. En plus, je suis devenue l'héroïne de la classe jusqu'à l'heure de la cantine. J'aime les poèmes, parce qu'on y fait toujours semblant, et j'étais prête à me défoncer encore pour leur prouver à tous que

Kosztolanyi Olga, c'était quelqu'un.

Je sautais sur les fesses comme une malade tellement j'étais contente. Alors la maîtresse m'a regardée d'un air ému, et elle a ajouté :
– Malheureusement, nous ne pouvons pas tout faire à la fois... Le concours est clos fin novembre, il faut que nous nous mettions vite au travail, la poésie, ce n'est pas facile... Nous devrons reporter notre visite à la bibliothèque...
Toute la classe a fait : « Ooooooh », et la maîtresse a eu l'air un peu gêné, comme si elle avait fait une bêtise... Moi, mon cœur a chaviré de bonheur. Chère, chère Mme Dutour ! Si seulement j'avais pu l'embrasser, pour la remercier !

A la récré, Rachida s'est assise sur le gros banc de pierre, comme chaque fois qu'elle veut causer. Elle m'a regardée, elle m'a dit :
— Tu es déçue, hein, pour la visite de la bibliothèque ? Moi aussi...

Je ne savais que répondre, alors j'ai fait :
— Bof...

Et j'ai remarqué que Rachida me plaignait : elle m'observait comme quelqu'un qui n'ose pas trop regarder, quand l'autre a de la peine. Elle a soupiré puis elle m'a dit :
— Pas de chance, hein ?

Moi, j'étais contente qu'elle soit si gentille avec moi, alors j'ai incliné la tête vers le sol, j'ai raclé la terre du bout de ma chaussure, comme si j'étais toute pleine de pensées et j'ai dit :
— Bof...

Alors Rachida a dit :
— Moi, j'ai mon idée...

Elle regardait fixement devant elle comme si elle voyait quelque chose d'exceptionnel, alors qu'il n'y avait que les idiotes fenêtres de l'école, et elle a répété d'un air têtu :
— Moi, j'ai mon idée...

En classe... nous étions tous là, mais Mme Dutour n'était pas encore rentrée, elle discutait avec Mme Gillet dans la cour. Rachida est partie en campagne. Elle s'est mise à chuchoter des secrets, en passant dans tous les groupes, on aurait dit Napoléon préparant sa bataille : quand elle approchait d'eux, les élèves cessaient de bavarder, ils tendaient le cou puis hochaient la tête en faisant : « Oui ! oui ! ça, oui ! » comme pour

une nouvelle de première impor-
tance, et Rachida parlait encore et
me regardait du coin de l'œil avec
un sourire de copine, l'ambiance
chauffait de plus en plus, et je
commençais à avoir la frousse
comme si je devinais tout, mais n'y
pouvais plus rien.

Lorsque Mme Dutour est entrée,
presque tous les élèves étaient
regroupés au milieu de la grande
allée et Rachida a crié très vite,
sans même respirer :

— Madame! Nous voulons aller à
la bibliothèque! Nous ne voulons
pas faire le concours de poésie!
Tout le monde est d'accord!...

Mario a protesté :

— Pas moi!... Et d'abord, tu ne
m'as même pas demandé mon
avis, à moi!...

Il était resté assis à sa place, au
fond, recroquevillé, le dos tordu.

88

J'ai repris espoir, en le voyant barbelé comme un fil de fer. Mais Rachida rageait :

— Si, menteur, je t'ai demandé et tu n'as même pas répondu, tricheur, dégonflé !...

— Oh ! Asseyez-vous ! a ordonné Mme Dutour.

Avec son « Oh », on aurait dit qu'elle voulait gober les mouches. Elle avait l'air déconfit, ses sourcils remontaient en accents trop circonflexes. Il y a eu un gros silence. La maîtresse ouvrait et refermait son sac noir. Elle cherchait la réponse, je la guettais. Elle a dit :

— Oh ! ça alors ! Vous êtes déçus ? Vous préférez vraiment aller à la bibliothèque ?

— Oui, oui, oui ! ont crié les élèves.

— ... A l'annexe, nous n'y sommes jamais allés...

— ... et puis, c'est tout neuf...

Et, dans un creux de silence, Bruno a ajouté :

— Et puis... il y a la mère d'Olga...

Mme Dutour a cédé... Rachida m'a regardée comme si elle m'offrait un magnifique cadeau d'anniversaire que j'aurais été en train d'ôter de son beau papier brillant.

Alors j'ai compris qu'il n'y avait plus rien à faire...

Le fameux samedi 12 octobre a fini par arriver. Ce jour-là, je me suis réveillée très tôt, et lorsque je me suis levée, j'ai cru avoir la fièvre. Je tremblais. J'ai enfilé mes vêtements sans même y penser, et je me suis à peine regardée dans la glace pour me peigner...

A six heures et demie, j'étais déjà prête, j'avais l'estomac trop serré pour boire mon lait, et j'avais

froid malgré mon polo et mon pull.
Pour m'occuper, j'ai pris l'accordéon, je lui ai fait grincer un gros
coin-in-in et Maman a jailli de son
lit, tout ébouriffée :
— Tu n'es pas folle ? Jouer de l'accordéon à six heures du matin ? Tu
vas réveiller les voisins...
Je lui ai rappelé que c'était
notre grand jour de visite à la
bibliothèque. Elle m'a dit :
— Comme si j'allais l'oublier.
Puis elle m'a regardée drôlement :
— Oille, oille, oille ! Quelle tenue.
Il y a le chauffage, tu sais, à la
bibliothèque. Tu vas crever de
chaud...
J'ai dit :
— Et toi, Maman, comment vas-tu
t'habiller ?
— Je ne sais pas...
J'aurais voulu que, pour une

fois, elle me demande mon aide. Je lui aurais fait enfiler son pantalon bleu avec son T-shirt gris. Je l'aurais inspectée de dos, de face, en clignant de l'œil, mais j'aurais trouvé que son pantalon lui faisait de grosses fesses. Alors je lui aurais fait essayer la robe bleu marine, toute droite et boutonnée devant : mais elle aurait l'air d'une bouteille, là-dedans...

Finalement, elle a mis la robe mauve en cretonne, sa préférée : après tout, oui, elle est moulante, mais elle est jolie quand elle vient d'être repassée... Enfin non, elle n'est pas vraiment jolie, mais elle lui va... Enfin non, elle ne lui va pas vraiment, mais... c'est comme c'est...

J'étais quand même rassurée parce que Maman avait retrouvé sa voix d'avant, je me demandais pourquoi il y avait à nouveau toutes les petites lumières dans ses yeux. Pendant qu'elle déjeunait, je me suis parlé à moi-même :

« Ne te tracasse pas : ELLE est de bonne humeur, ELLE t'a même passé la main dans les cheveux. Tu LA trouves un petit peu grosse ? Justement, c'est le type de la femme sans chichi, qui vous met à l'aise. Et d'ailleurs, la mère de Noémie Gaubert est bien plus bouffie et bien plus rougeaude.

— D'accord, mais...

— Mais quoi ? Tu penses à son accent, bien sûr... Peut-être n'ouvrira-t-ELLE pas la bouche, c'est la maîtresse qui s'occupera de tout... ELLE ne dira sûrement que des mots sans r, comme *dictionnaire*... zut, il y en a un... Pourtant, il en existe des mots de bibliothèque, sans r ! « *Image, venez ici, ...*

voyez..., c'est beau... Finalement, il y a assez peu de *r* dans la langue française, et puis Maman a tellement de travail, elle passera près de nous sans même nous regarder... »

L'annexe était loin, et nous avons dû traverser la ville. Les vitrines étaient belles, les rues fourmillantes de monde, l'air frais, et toute la classe s'excitait et parlait. Sauf moi. Ma gorge était collée. J'avais à la fois chaud et froid. Quand nous avons grimpé dans la vieille rue du Collège, j'ai eu l'impression que les maisons noires allaient nous écraser.

A un moment donné, Emmeline a crié :

– Nous sommes des touristes ! Il ne nous manque plus que les appareils photo.

J'ai pensé à ma mère. Cyril a répondu :

– Non, nous sommes de grands personnages, nous allons inaugurer l'annexe, ce sera une belle cérémonie.

J'ai encore pensé à ma mère, j'espérais qu'on allait s'égarer, qu'un accident se produirait, mais non, nous nous sommes tous retrouvés en forme au bas des escaliers.

Alors Maman est venue nous accueillir, et tout arrivait comme dans un film que j'aurais déjà vu : elle a salué Mme Dutour, et quelques élèves n'ont pas manqué de pouffer. J'ai entendu Mario Valli qui imitait son accent... J'aurais voulu m'évanouir.

Tout le monde fixait ma mère avec des yeux ronds. Heureusement Rachida était occupée à faire des signes d'amitié à un ouvrier qui lui disait bonjour à travers la baie vitrée. Sidonie Gaden et Nadège Salomon se chuchotaient des choses plein les oreilles, mais je n'écoutais pas, ça valait mieux. Je tremblais comme des castagnettes, le sang me battait dans les paupières.

Nous sommes montés à l'étage, nous sommes entrés dans la bibliothèque, et tous les élèves ont fait « Ooooooh ». C'était beau, en vert et mauve, tout neuf, avec de la moquette. L'annexe leur semblait tellement magnifique qu'ils ont cessé de toiser ma mère, et j'ai constaté qu'il ne faisait pas très clair dans la pièce ce jour-là, et Maman n'éclatait pas trop dans sa robe mauve puisque les étagères étaient mauves aussi, et sa queue de cheval se voyait à peine, et elle ne parlait pas trop fort pour une fois, je voyais qu'elle se retenait, et elle ne m'a évidemment pas appelée *Putsika*, ni *Ma Sucrée* ni *Drago Boffa* et elle n'a pas fait son concert de *Yoïe*. Elle ne me regardait pas, je ne la regardais pas non plus. Avec un petit sourire, elle nous a laissé entrer là comme dans une église : tous les élèves admiraient et levaient la tête, en silence.

Quand la « séance » a commencé, Mme Dutour a laissé faire Maman : elle les a tous conduits vers les bacs à bandes dessinées, dans le coin des albums, aux rayons des romans et des documentaires... Je suivais loin derrière, je n'écoutais pas. Tout à coup, tout le monde a éclaté de rire, même Mme Dutour, mon cœur s'est ratatiné et j'ai pensé :

« Ça y est, le numéro de clown commence... Elle doit dire des bêtises... » Je n'entendais rien, mes oreilles bourdonnaient, et je pensais pour me rassurer : « Heureusement qu'elle a laissé son accordéon à la maison... Elle aurait été capable de donner un concert... »

Je l'ai entendu dire : « Voyons voyons voyons » ; elle a la sale manie de répéter dix fois le même mot... Malgré tout, Mme Dutour semblait l'apprécier, tout le monde se pelotonnait autour d'elle et, tout à coup, ils ont réclamé une histoire : zut de zut !

Nous avons placé les chaises et les fauteuils en cercle, près du coin-revues, et nous nous sommes serrés les uns contre les autres autour de ma mère. Plusieurs filles se sont disputées pour être près d'Emmeline. Nadège et Sidonie se sont trouvées séparées par Cyril, elles essayaient de le déloger en le tirant par le pull, mais il restait collé à sa chaise, avec un air réjoui, et elles bêlaient comme des chèvres en colère. Moi, j'étais contre Rachida, loin derrière. Je ne voyais rien, j'apercevais juste le nez de Mme Dutour, entre les dos de Christelle et de Stéphanie. Quand les disputes ont cessé, Maman a commencé.

J'étais devenue sourde, et je ne sais même pas ce qu'elle a raconté : sauf que l'ogresse avait coupé le doigt de la fille, et que le sang coulait le long du chemin... Quand maman a prononcé « l'ogr-rrrrrrresse », l'histoire est devenue si terrifiante que personne n'a ri. D'ailleurs, après ce récit, toute la classe a soupiré, ils ont supplié :

– Une autre ! une autre !

Le conte suivant les a fait rire, à cause du diable qui faisait l'andouille et, moi, j'ai eu envie de pleurer de bonheur.

Le conte portugais est le seul que je puisse raconter : un homme avait épousé une guenon très gentille, et il l'aimait. Un jour, il l'a amenée à la Cour, et tout le monde s'est moqué d'elle. Mais tout à coup, la guenon s'est métamorphosée en belle princesse, bien fait pour les moqueurs ! Je me suis dit que moi, le jour où j'épouserais un singe, je mourrais de honte dans mon F2 tellement j'étais fière, mon singe ne deviendrait jamais prince et ce serait bien fait pour moi.

Lorsque nous sommes partis, les

élèves ont dit : « Nous revien-
drons. »

Dans l'escalier, Emmeline a
fait :
– Elle en sait des histoires, ta
mère ! Et Bruno a répété : Ça oui !

Et j'ai senti la fierté me brûler
tout le corps.

A midi, à la maison, Maman m'a
demandé :
– Alors, elle t'a plu, cette visite à
la bibliothèque ?

J'ai hoché la tête, très fort, puis
je me suis frottée contre elle et je
lui ai dit :
– Un petit câlin, Mamouchka ?

Elle s'est assise sur notre divan
et m'a mis la tête contre son
ventre, comme j'aime. Je sentais
toute son odeur. Et elle m'a
caressé les cheveux... *Kintchem*...

Draga... Moi, j'écoutais la chanson de sa voix, j'avais des larmes dans la gorge sans même savoir pourquoi. J'aurais voulu dire : « Maman, je t'aime »...

Mais bien sûr, je ne l'ai pas fait.

moi à lunettes

3. Les pommes

Un après-midi de grève de télé,
j'ai avalé mon flan au caramel et,
tout d'un coup, en une fraction de
seconde, j'ai senti que je m'embê-
tais : mes jambes s'embêtaient,
mes bras s'embêtaient, ma tête
s'embêtait... J'ai aussitôt couru
aux Sapins, bâtiment 6B, voir
Rachida-ma-copine.

Elle était justement installée

avec toute une grappe de mômes
dans l'escalier : sa grande sœur
Zaïa, Bruno Lévidant, le seul rouquin de ma classe... Elle n'avait
pas ses petites sœurs à surveiller,
mais à leur place, il y avait le gros
minuscule Jérémie Patouf qui se
serrait contre ses jambes.

104

Je leur ai demandé :

— Qu'est-ce que vous faites ?

Ils étaient maussades parce qu'ils s'embêtaient, et ils ont répondu :

— On s'embête...

Moi, je m'installe avec eux. Au bout d'un moment, Zaïa dit :

— Et si on jouait à celui qui aurait la meilleure idée pour se désembêter ?

Moi, j'ai mon idée mais je n'ose pas la dire, je la trouve mauvaise. Rachida insiste, insiste, alors je me lève et, face à tout le monde, je récite :

— Acétylaminoparaoxyphénilarsinate de sodium !

Ils se sont redressés, ils s'écrient, comme pour un lot de fête foraine :

— Qu'est-ce que c'est que ce truc ? Répète ! Répète !

Je recommence. Et encore. Et encore... Je ne suis pas de leur bâtiment, il n'empêche, je sais comment les intéresser. Je fais même ma petite maligne :

— Et voici, une fois encore, le mot le plus mystérieux du siècle !...

Forcément : la formule chimique des pastilles contre la toux !... Je l'ai lue sur une petite boîte rouge, un jour que j'étais au lit, avec la fièvre : un jour d'ennui, justement.

Malgré tout, au bout d'un moment, on recommence à s'embêter...

On s'embête, on s'embête, puis Zaïa dit à son tour, les yeux brillants :

— J'ai une idée, mais elle est tellement idiote que... non... pas la peine...

Nous nous mettons à genoux

devant elle, nous nous prosternons, nous la supplions :

— Zaïa, dis-la-nous quand même, Zaïa dis-la-nous !

Elle secoue ses longs cheveux, prend son inspiration, lève le doigt, et commence :

— Eh bien voilà : on va à la pharmacie Thibiéroz, on entre, et...

Elle pouffe de rire : elle rit, elle rit, elle n'arrive plus à s'arrêter.

Alors nous rions aussi, sans même savoir pourquoi.

— Accouche, Zaïa : on entre... et quoi ?

— On entre, et...

Zaïa plonge sa figure dans sa robe rouge, elle s'essuie les yeux, la salive coule sur son menton, elle étouffe de rire. Bruno s'impatiente, il lui donne un coup de coude :

— Allez ! dis-le !

— Hi hi hi! fait Zaïa, qui nous éclabousse. Hi hi hi! Au lieu de dire : « Bonjour, monsieur Thibiéroz », on dirait : « Bonjour, monsieur Pithiéroz. »

Là, bien sûr, nous sommes tous morts de rire. Sauf Bruno, qui se frappe le front de l'index, d'un air découragé. Zaïa nous explique qu'il faut se préparer à l'action, que ce sera très difficile, qu'il faut absolument parvenir à dire cela devant tout le monde, sans rire du tout, même du coin des lèvres :

— Toi, Jérémie, tu es trop jeune : reste ici. Si tu venais, tu nous trahirais.

Jérémie raidit les poings, et devient tout vilain de colère :

— Je viens avec vous, sinon, j'appelle mon père. Il est très fort, il est garde du corps... Il arrête sa sieste et il vous assomme.

Ça tourne mal : il lance des coups de pied dans les tibias de Zaïa, Zaïa lui donne une tape sur les fesses, il hurle et remonte chez lui en fonçant comme un taureau, tout le monde dit : « Bon débarras. » Bruno fait quand même le guet, au cas où l'énorme malabar de père ferait son apparition...

Maintenant, Zaïa décide de se lancer dans l'expédition, mais Bruno refuse de bouger. Il répète : « Débile, débile » avec un air de profond dégoût. Rachida se met avec lui :

— Moi aussi, je reste.

Moi, je suis intimidée, d'aller dire en public une chose aussi... aussi... nouille... à M. Thibiéroz : un homme si poli, avec sa moustache grise. Quelle histoire. Je ne veux tout de même pas m'asseoir avec Bruno, il croirait que je l'aime... Finalement je me mets avec Zaïa : d'abord, c'est la plus grande. Droite comme une princesse, c'est elle qui commande.

Elle me prend par le bras, et nous partons... Mais quand nous sommes au bas des escaliers, Rachida nous dit :

— Qu'est-ce que vous demanderez, à la pharmacie ?

Zaïa s'arrête net :

— Zut... Je n'y ai pas pensé. Si on demandait... une casserole ?

Et la voilà pliée en deux, à rire comme une folle.

— De plus en plus cinglée ! fait Bruno.

Maintenant, je n'ose vraiment plus. J'ai honte. Zaïa insiste :

— Viens, Olga. On demandera du dentifrice parfumé à la prune... On dira qu'on a vu une pub, à la télé...

Mais je traîne les pieds. Et puis, tout d'un coup, je remonte m'asseoir avec les autres... Alors Zaïa est obligée de renoncer. Elle est furieuse. Elle nous traite de « gros ronflonflons », Bruno l'appelle « minable de traviole », et on s'embête deux fois plus parce que tout le monde lance des gros mots.

Le plus atroce, c'est quand Jérémie redescend de chez lui. Il a la bouche pleine, les mains poisseuses, il se colle contre nous avec sa morve qui coule. Bruno le secoue et lui crie :

— De l'air !... du balai !...

Et puisque dehors, il fait soleil, nous sortons...

Et voilà que passe Têtaz, le grand maigre aux lèvres pendantes : il a les bras pleins de pommes. Même les poches de sa veste en tweed sont grosses de pommes. Il nous dit :

— Je les ai trouvées sur la route de l'Échaillon, près du garage Citroën. Dans le verger abandonné.

Fini de s'embêter ! Vive les pommes ! Nous courons au bas de la ville, un souffle de vent nous pousse comme si nous étions soulevés par des voiles, et ça nous fait crier. Nous arrivons dans la clairière aux pommes. L'herbe est haute, c'est la jungle, on ne voit même plus Jérémie. On se croirait loin de tout, on n'entend presque plus le bruit des autos, le souffle des arbres et de l'herbe qui nous entoure. Et c'est vrai : dans l'herbe, partout, il y a de petites pommes, nous les croquons, elles sont acides et font grincer les dents.

Bruno est si content qu'il enlève ses chaussures et les lance en l'air. Elles volent dans le vent. Il agite les bras comme si c'était des ailes, et il court chercher ses chaussures, à quatre pattes, dans l'herbe, comme un toutou. Mais au bout de plusieurs « youpi ! » voici qu'une basket reste accrochée tout en haut de l'arbre le plus haut ! Et on a beau essayer, on n'arrive pas à grimper pour l'attraper. On lance des cailloux, mais la maudite basket blanche reste perchée sur sa branche, comme une poule dans son poulailler ! Bruno gémit :

– Malheur ! Mes chaussures ! Ma mère me les a achetées il y a quinze jours !

Qu'est-ce qu'il va prendre en rentrant chez lui ! Nous supplions le vent de se gonfler en bourrasque, mais rien à faire : pas de pluie de baskets... Bruno dit qu'il va se faire tuer. Il paraît que son père le bat avec une ceinture.

Alors j'ai mon idée : et si nous ramassions les pommes et que nous les vendions ?

Ils me regardent tous comme si j'étais folle, puis comme un miracle.

— Oui ! Oui ! Bruno saute de joie : Avec l'argent, je m'achèterai une nouvelle paire de godasses ; on les a eues chez Gros, à 52 francs. Pointure : 29. Modèle six trous à lacets, toile blanche, devant plastique...

On dirait qu'il fait de la réclame...

Aussitôt, Zaïa nous commande : elle ira chercher des cageots avec Rachida dans le sous-sol. Pendant

114

ce temps, nous mettrons les pommes en tas.

Au retour, la côte est rude, avec nos deux cageots. Bruno boite

comme un blessé. Jérémie pleur-
niche :

— Je suis fatigué !

On le gronde :

— T'avais qu'à rester aux Sapins !

On dirait que nous sommes figu-
rants dans un film de guerre.

En route pour le commerce ! Je
cours chez moi, je reviens avec le
bloc de papier à lettres de Maman,
et ses stylo-billes. Avec Zaïa, je
confectionne les écriteaux. Nous
marquons nos prix sur de jolies
petites affiches :

*Toute petite pomme un peu
véreuse : 0,50 F.*

*Petite pomme bizarre mais bonne
quand même : 0,50 F.*

*Moyenne pomme normale :
1,50 F.*

*Grosse pomme presque pas pour-
rie : 1 F.*

Pomme géante en bon état sur le dessus : 2 F.

Pomme jolie d'un vert brillant avec un côté mauve : 1 F.

Pomme rose minuscule mais ronde : 0,50 F.

Chaque pomme a son écriteau. En rouge, sur une page entière, nous inscrivons :

GROSSE VENTE DE POMMES :
L'OCCASION DU SIÈCLE

Nos fruits sont rangés par taille : les plus gros ont un écriteau bleu, les plus petits, un écriteau vert, les moyens sont en rouge. Vachti beau.

Nous nous sommes installés sur

l'herbe, près de la porte du 3B. Des gens passent devant nous. Il est déjà cinq heures. Zaïa se hâte de répartir les tâches :

— Moi, je suis la cheffe.

Bruno exige d'être le vendeur. Il dit :

— C'est normal. Je ne peux pas bouger, il faut que je cache mon pied nu sous le cageot. Je veux qu'Olga se mette avec moi...

— Non, avec moi, dit Rachida. C'est ma copine.

Je ne sais plus où donner de la tête. Alors Zaïa ordonne à Rachida :

— Toi, à la caisse.

— Moi ? Je ne sais même pas compter, proteste Rachida, qui fait la tête.

— Et moi ? demande Jérémie.

— Toi ? Rien, fait Bruno : ça te plaît ?

118

Déjà, Jérémie lève la jambe près du cageot, pour déclencher une explosion de pommes. Vite, Bruno ajoute :

– Non, Jérémie, toi, tu es notre garde du corps. S'il y a des voleurs, tu cours sous ta fenêtre, tu appelles, ton père sort et il les tue ; d'accord ?

Jérémie se redresse, menaçant. Il prend un bâton en guise de fusil.

On dirait que nos cageots contiennent des bijoux, tellement tout y est bien rangé. Pourtant, nous n'avons aucun client. L'élégante Mme Malouk passe juste devant nous, et tout ce qu'elle sait faire, c'est nous dire, du haut de ses talons hauts, avec son air de princesse des étoiles :

– Laissez-moi passer, les enfants !

Rachida est soucieuse. Elle nous prévient :

– Nous n'aurons jamais personne. Et savez-vous pourquoi ?

– ...

– Nous vendons trop cher. Il faut baisser les prix.

Aussitôt, Zaïa et elle sautent sur les écriteaux, barrent les chiffres, font des gribouillis, et nos splendides étiquettes ne ressemblent plus qu'à des chiffons sales : tout notre étalage est gâché. Les larmes me piquent les yeux, mais je n'ose pas montrer ma colère...

Et puis voilà que Mme Brenot nous achète cinq pommes pour faire sa compote. Cet idiot de Jérémie se met à rouspéter :

– Elle nous prend tout, il ne va plus rien rester pour nous !

Alors Bruno lui colle son chewing-gum dans la bouche pour le faire taire, et nous gagnons

5 francs. Et juste après, trois grands à vestes de skaï approchent à leur tour. Ils tournent à pas lents autour de nos cageots, les guignant comme si c'était des pépites d'or. L'un dit :

— Moi, j'ai un faible pour les moyennes bizarres.

L'autre hausse les épaules :

— Hé, mec, tu sais pas c' qu'est bon : les minuscules, les plus véreuses ! Les vers, c'est-y pas croustillant ?

Ils parlent avec sérieux, mais on sent bien qu'ils se moquent de nous. En tout cas, ils sont sympas, ils nous en achètent quand même pour trois fois 1 franc, soit 3 francs.

Le « crâne rasé » mord dans son fruit, il pousse un cri, recrache et nous le rend :

— C'est infect ! Tenez, gardez-la !

Il était prévenu, pourtant. Il

avait qu'à ne pas choisir la *Petite pomme un peu véreuse*. Puisqu'il nous rend une moitié de pomme, nous lui rendons la moitié de son argent : 0,50 franc.

Jérémie dévore des yeux les trois grands comme si c'était des « Monsieur Muscle ». Il adore le mot « infect », il répète en mettant le ton « infect, infect ». Puis il dit en reniflant :

— On devrait peut-être le mettre sur les affiches, que c'est « infect » ?

— Tais-toi donc ! fait Bruno. Et il adresse son plus large sourire à un long monsieur qui avance vers nous. C'est un sourire Ultra-Brite, mais qui ne sert à rien...

Plus de clients. Il ne nous reste qu'à compter et recompter nos sous : 7,50 francs. Et puis, soudain, c'est la cohue : toute une troupe a fondu sur nous, s'écrasant avec des cris et des compliments : Tous des habitants du 6B : les grandes sœurs, grands frères, les parents copains voisins de notre bande... Ils saluent, félicitent, se bousculent pour acheter et, en un rien de temps, nous gagnons une pluie de pièces qui font un joli doux petit bruit de richesse : 24 francs.

Maintenant, Rachida est contente d'être la caissière, c'est le plus beau rôle. Elle calcule en gesticulant :

— 24 F + 7,50 F = 31,50 F !

— Hourrah ! On a déjà gagné une chaussure !

— Et les lacets de l'autre !

— Et même les trous des lacets !

Jérémie propose :

— Et si on achetait une seule chaussure : on pourrait aller faire

123

un peu de foot, au lieu de vendre des pommes et encore des pommes !

Ça nous fait rire... Mais, depuis un moment, un danger nous menace : deux grands de douze-treize ans rôdent autour de nous sans rien acheter. Ils écoutent tout ce qu'on dit. Je les appelle Laurel et Hardy, à cause de leur allure, mais il paraît que c'est Rodolphe Potier et Gaël Naudot. Ils discutent entre eux à voix basse. Soudain, ils partent en courant : et s'ils allaient s'armer pour nous attaquer ?

— Il faudrait se protéger ! dit Bruno.

Nous parlons tous à la fois : des armes, des sous, de Laurel et Hardy. Nous en oublions nos pommes et Bruno nous rappelle

qu'il est déjà six heures. Bientôt
les magasins vont fermer... Au
même moment, nous entendons un
cri :

– AAA... CHE... TEZ... NOS...
POMMMMMMMMES !

125

Potier et Naudot! Les vaches! Ils nous font concurrence! Ils ramènent un plein sac de pommes, et en plus ils font de la publicité en agitant pour drapeau une taie de traversin trouée. Ils passent juste sous notre nez, exprès pour nous narguer, et ils chantent à s'en faire claquer les amygdales :

A la cuiller ou en piqûre
La pomme est un aliment sûr!

Il mangea tellement
Qu'il péta pendant cent ans.
Qu'on lui pardonne,
C'était des pommes!

La pomme rend intelligent
Prenez-en vite, c'est urgent!

La dernière réclame, ils la crient à notre intention, en nous regardant droit dans les yeux.

Ces vendeurs-là n'attendent pas comme nous que le client vienne à eux ! Non ! Ils vont vers le client ! Ils le talonnent ! Ils le harcèlent ! Ils le harponnent ! Justement, ils ont arrêté Guyot, le prof de gym : il n'a d'ailleurs pas l'air content, à voir comme il gesticule... Potier ! Naudot ! En personne ! Purée ! Quels cracks ! L'admiration nous ôte la parole, nous restons figés sur place, médusés. Nos deux ennemis se dirigent vers le 5B, ils auront sûrement l'audace de sonner aux portes, ces chameaux !... Nous les entendons encore hurler :

Si vous voulez être un héros
Plongez la pomme dans l'eau !
Si vous voulez être un géant
Plantez-y toutes vos dents !
Si vous voulez être un sportif
Frottez-vous en les tifs !

Génial ! Faisons-en autant !...
Nous courons après Laurel et
Hardy, décidés à les doubler,
cramponnés à nos deux cageots.
Bruno, qui boite, oublie de cacher
son pied. Nous crions à tue-tête :

Pour midi, notre menu :
En entrée, pommes vinaigrette !
Au milieu : spaghetti à la pomme
*   verte !*
En dessert : ô surprise ! une belle
*   pomme*
En plein milieu de votre assiette !...

Mais à peine sommes-nous par-
venus au premier étage du bâtiment 5B que tout se gâte : la mère
Gaubert penche sa crinière rousse
dans l'escalier et rugit de sa grosse
voix éraillée :
– Fichez-moi le camp ! Allez,
ouste ! Voilà une heure que vous

nous cassez les pieds, avec vos
sales pommes !

Tout le monde détale. Rodolphe
et Gaël nous rentrent dedans,
toutes les pommes roulent en cas-
cade. Soudain, Zaïa gémit :
— Nos sous !

Les cageots sont troués, et l'argent est passé à travers ! Nous
accusons tous Rachida :
— Drôle de caissière, oui, même
pas capable de garder nos béné-
fices.

Comme des grenouilles, nous
sautons après nos pièces : dans
l'herbe, dans l'allée, sur les marches de l'escalier. Nous retrouvons
29 francs. Il ne reste que 29 francs !
Pour comble de malheur, nos
pommes se sont mélangées avec
celles de Potier et Naudot. Nous
essayons bien de les reconnaître,
mais ils sont plus forts que nous et

en profitent pour nous voler : cela fait un énorme tintamarre aux pommes dans la cage d'escalier.

Alors Rachida se redresse, met l'index sur sa bouche et nous fait taire. Puis elle se tourne vers nos ennemis et, en vraie caissière, elle leur propose, calmement :
– Voilà : toutes nos pommes sont à vous. On vous les vend en gros : 10 francs le tout. Ça vous convient ?

Ils ouvrent la bouche, se regardent, opinent de la tête. Et nous voilà riches à nouveau : 39 francs.
– Bon débarras ! Plus de pommes, plus de Naudot ! Plus de Potier !

Nous sommes rudement soulagés. Mais Bruno s'est assis sur une marche, il a baissé la tête, il a caché son visage entre ses mains. Il est rouge, ses doigts sales font des traces sur ses taches de rousseur et autour de ses yeux. C'est horrible de le voir comme cela, avec une seule chaussure au pied, essayant de ne pas renifler. On se tait. Quelqu'un dit, dans le silence :

— Pourquoi tu pleures ?

D'abord, il refuse de répondre. Il ne bouge même plus. Et puis, d'une grosse voix étranglée qu'on ne reconnaît pas, il laisse échapper :

— Ma godasse...

Il manque 13 francs, c'est vrai, nous l'avions oublié. Et il est presque sept heures, il fait nuit.

Zaïa propose d'un air découragé :

— Et si nous attaquions une banque !

Rachida dit :

— Et si nous allions au jardin

public ? J'ai remarqué que, par terre, il y a toujours des sous qui traînent...

Je dis :

— Et si j'allais demander l'argent à ma mère ? Ça irait plus vite...

Bruno se lève. Il s'essuie le nez du revers de la main, il secoue la tête :

— Je vais retourner au verger. Peut-être que ma basket, elle a fini par tomber de l'arbre...

Dire que nous n'y avions même pas pensé !

La nuit nous enveloppe, nous frissonnons. Le gros arbre se détache encore, plus noir que le ciel noir, et nous ne voyons plus la petite chaussure blanche. Nous cherchons par terre, en silence, écoutant tous les bruits, dans l'om-

bre. Soudain, Jérémie découvre le trésor, enfoui dans l'herbe : la chaussure. Bruno pousse maintenant des « youpi ! » et des « super-youpi » et des « super-Patouf », jusqu'au ciel ! Nous sommes contents pour lui, mais un peu déçus : finalement, nos pommes n'ont servi à rien...

— Mais si, nous dit Zaïa, avec l'argent, nous allons nous acheter des...

134

... Et alors là, nous avons bien ri. Parce qu'en plein milieu de la rue, Zaïa a pris mal au ventre : elle avait dû manger trop de pommes. Elle était pâle, elle ne pouvait plus avancer, appuyée au lampadaire... Heureusement, nous étions tout près de la pharmacie Thibiéroz, et nous y sommes entrés pour demander de l'aide... Et Zaïa, sans même le faire exprès, a dit, d'une petite voix misérable :

— Bonjour, monsieur Pithiéroz !

bonjour
monsieur
Pithiéroz

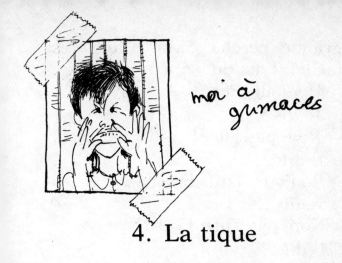

moi à grimaces

4. La tique

Philippe, c'est le meilleur copain de ma mère. Le plus long de tous : ses jambes sont si longues qu'on dirait qu'il marche sur les nuages. Et en plus, à le voir, on a envie de rire sans même savoir pourquoi.

Quand il est là, tout entier immense dans notre cuisine, je saute, je noue mes mains autour de son cou, je me balance : avec une

137

grande perche comme lui, c'est facile. Il me dit, sérieux :

— Bonjour, Puce !

Je dis :

— Non, pas Puce !

Il dit :

— Bonjour, Tutti Frutti !

Je dis :

— Non, pas Tutti Frutti !

Il dit :

— Bonjour, Old Wild Thing !

Cela signifie « Vieille Chose Sauvage ». C'est écrit en gros sur mon pyjama jaune, celui qui a une tête de tigre.

Je dis :

— Non, pas Old Wild Thing !

Alors il devine enfin :

— Bonjour, Toi !

Je crie :

— Tu as gagné ! Pour te récompenser, je grimpe sur tes épaules :

allez, hue, cheval, on fait le tour du
monde !

On galope à travers la pampa,
en se cognant à la table et au
buffet. Tout là-haut, je ratatine ma
tête à cause du plafond, j'ai l'impression d'être à califourchon sur
la tour Eiffel. On prend un virage

atroce dans le séjour, on tourne en trombe autour de la petite table. Les boucles de Philippe dansent, et dansent la table, les chaises, les fleurs de la tapisserie aussi. Maman n'est pas contente. Tout en bas, clouée au sol, elle prend son air de mère-mémère :

— Laisse donc Philippe, Olga ! Tu n'as plus trois ans !

Elle est jalouse.

Pour arrêter son Philippe, elle lui tend un verre de Pilsen, ou des gauloises. Mais quand il s'affale sur notre matelas-divan, je grimpe sur ses genoux pour le voir de près, malgré tous les boutons qu'il a sur la figure. J'aime sa voix : elle est calme. J'aime ses frisettes : elles sont fausses, c'est le coiffeur qui les frise, c'est encore plus joli. J'aime comme il est sérieux avec la bouche, et rigolo avec les yeux.

Parfois, Maman se fâche. Comme le soir où j'ai amené ma radiocassette. C'était une cassette de blagues, mais elle a rendu ma mère grinchue comme une sorcière : « On ne s'entend plus ! » Elle m'a hurlé sous le nez qu'elle voulait discuter avec Philippe, « tran-quil-le-ment », parce que c'était « son-ami-à-elle ». Et à chaque mot, elle m'appuyait sur le ventre avec son index, comme si c'était moi, la radiocassette. J'ai éteint Coluche, mais pendant que Philippe discutait, je lui ai peigné absolument toutes les bouclettes avec mon peigne, et je me moquais bien de voir les gros yeux de cette chère Magda.

Lorsque le soir arrive et que Philippe est là, Maman ne risque pas d'oublier l'heure de mon coucher : elle regarde sa montre toutes les minutes, en me jetant des coups d'œil du genre caillou, et, à neuf heures, elle me chasse avec une voix qui pète : « Vite au lit, Olga ! » Moi, j'obéis comme la foudre, mais dès que je suis couchée, évidemment, il m'arrive toujours des catastrophes : envie de faire pipi, croûte horrible sur le genou, dents pas lavées... Alors je me lève sur la pointe des pieds, comme si j'étais mon ombre. Je tourne doucement la poignée de la porte, et je referme celle-ci avec précaution. Mais je suis bien obligée de passer par le séjour, puisque, chez nous, ma chambre est au fond, l'armoire à pharmacie est dans la cuisine, au-dessus de la baignoire-sabot, et les W.-C. sont dehors, dans les escaliers... En passant, j'en profite un peu pour jeter un coup d'œil dans le séjour :

142

Maman, en général, est enfoncée
dans son vieux fauteuil mité, et
Philippe, assis en tailleur sur le
tapis, est caché dans la fumée.
Souvent, il montre des photos, il
adore photographier des horreurs : des bouts d'objets, des trot-
toirs, des murs, et Maman, pour
faire sa petite sucrée, s'extasie :
« Quelle lumière ! »

En tout cas, ils ne se tiennent

pas en amoureux dans notre séjour. Moi, je n'ai jamais rien remarqué de spécial, même sur les photos. Il faut dire que je passe toujours trop vite, parce que Maman devient noire de colère et que Philippe menace de me botter les fesses.

Le mieux, c'est quand Philippe arrive chez nous pendant que je suis seule. Alors là, c'est formidable. On en profite pour préparer une surprise à Maman. On fait une fondue savoyarde, par exemple. Magda ne veut jamais en cuisiner, elle trouve que c'est « lourd » et que « ça fait grossir ». Ou bien on met sur pied un spectacle. Un soir, on s'est déguisés. Moi, j'étais un petit monsieur moustachu, j'avais enfilé le pantalon et la veste de Philippe. Et lui, il était mon

o mon
chou.

immense femme poilue. Il s'était
passé du rouge à lèvres jusque sous
son grand nez, du fard à joues et
du bleu à paupières. Il avait pris le
chemisier blanc et la jupe bleue de
Maman, elle lui allait aux genoux
et on voyait dépasser ses grandes

145

jambes velues. Il s'était fait une dent en or avec du papier de bonbon, et il avait utilisé tous les bijoux de Maman, il en avait plein les cheveux. Ensuite, nous avons entrouvert la porte de la cuisine et nous avons guetté : dès que nous avons entendu les pas de Magda dans l'escalier, nous avons mis en route notre scène de ménage : moi, je tapais sur ma grande femme avec le manche du balai et, lui, il sautillait dans ses souliers à talons hauts, en se cramponnant à la chaise en paille et en couinant : « Ô mon chou ! Ô mon chou ! » Maman n'a pas apprécié du tout. Elle a bêlé :

– Mais... ce sont mes chaussures de fête ! Tu les écrases ! Elles ont coûté cher, tu sais !

Cette fois-là, c'est Philippe qui a tout pris...

Et puis, un dimanche, j'ai eu la tique. Maintenant, j'utilise beaucoup cette expression. Elle signifie que quelque chose commence bien et se termine mal.

D'habitude, je n'aime pas le dimanche. Il me manque des tontons, tatas, papies, mamies, cousins, cousines, qui m'inviteraient dans leur maison, à manger de la brioche, à cueillir des champignons ou à se disputer. On entendrait rire par la fenêtre ouverte. Mais moi, toute ma famille est restée en Hongrie, sur des photos. Je m'ennuie un peu avec Maman, c'est la barbe.

Eh bien, ce fameux dimanche, Philippe nous a offert une tournée royale dans sa Ford Fiesta bleu pétrole.

Le matin, on a préparé le piquenique. On a tout prévu, même la vinaigrette pour les tomates, dans un petit Tupperware... Hélas, si on avait su... Même le sel pour les œufs durs, dans le papier d'alu. Je voulais déjà tout manger, mais Philippe a grognassé comme un ours, alors je me suis retenue. On a coupé des tranches et des tranches de bon pain complet, on a enveloppé le rôti de porc froid. Tout le monde criait :

– N'oublie pas l'Opinel ! N'oublie pas le vin ! N'oublie pas l'appareil photo ! La gourde ! Mes journaux ! Tes lunettes ! Les chaussures de marche !

On se cognait les uns aux autres, comme dans une grande famille quand les portes claquent partout. Dans l'auto, on se serait crus en carrosse. Maman s'était fait un beau chignon, et moi, j'avais mon chapeau de paille. On a chanté tout le long du trajet, accompagnés par le capot mal fermé qui faisait pom ! pom ! pom !

La route tourne beaucoup jusqu'à Montvernier, le long des précipices. Je criais :
— Philippe, surtout, ne nous fais pas grimper tout droit au ciel !
Et il disait :
— Tais-toi un peu, Olga !

Une histoire, pour se sortir de la voiture, avec nos paniers et mon chapeau ! On a abandonné l'auto sous un arbre feuillu, et on a marché. Le soleil faisait tout propre : le ciel, les arbres, le sentier. On a pénétré dans un sous-bois qui était un vrai tunnel magique. On se serait cru sous la mer. Maman était jolie avec ses cheveux légers, et les gouttes de soleil.

Dans le sentier, près d'une capsule de bouteille, j'ai aperçu une fraise des bois... d'un rouge... un bon rouge de fraise à croquer. Je l'ai cueillie. Ce n'était pas pour moi, ni pour ma mère. Mais pour Philippe. Je lui dis :

— Philippe, ouvre la bouche, ferme les yeux, respire...

Et puis, tout à coup...

Maman hurle, elle hurle tant que ça fait comme du silence.

— Tu as quelque chose dans les cheveux...

Je tâte, je sens un truc bizarre, gros, dur, qui s'accroche, je frissonne, je trépigne, Philippe tâte mon crâne à son tour et dit :

— C'est une tique.

Et il explique qu'il faut vite m'en débarrasser et me désinfecter le cuir chevelu.

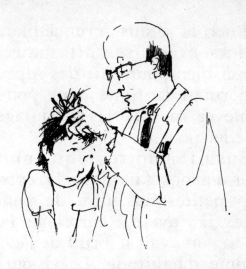

C'est ainsi que nous avons fait
demi-tour. Et comme promenade,
nous avons eu : visite à la pharmacie Thibiéroz. M. Thibiéroz nous
expliquait des choses très compli-
quées, à voix basse, et moi je regardais ses lunettes briller au-dessus
de ses grosses joues roses, pendant
qu'il me coupait les cheveux au
sommet du crâne. Après m'avoir
scalpée, il m'a inondé la tête

d'éther, et je suis devenue blanche tellement ça sentait mauvais. Merci bien pour l'air des Alpes. Il endormait la tique pour pouvoir l'enlever, mais j'étais aussi flagada qu'elle.

Ensuite, notre pique-nique, nous l'avons fait dans la cuisine trop petite. En guise de pâquerettes, il y avait le carrelage. Pour rivière, on avait le bruit de l'évier. Comme d'habitude. Le visage de Philippe était long et un peu de travers. On mangeait au ralenti. Les œufs durs me restaient collés dans la gorge, et je suis allée dans ma chambre.

Le pire, c'est que les jours suivants, plus personne ne m'a appelée Petite Miette ou Tutti Frutti. Parce que Philippe n'est pas revenu.

Je me suis dit que c'était à cause de moi. Je ferais mieux de disparaître, puisque je suis une fille à tique. Je me transpercerais le ventre avec une grande épée d'argent, juste au moment où Maman ferait son marché. Quand elle reviendrait... une flaque de sang coulerait sous la porte. Il faudrait que je laisse une lettre d'adieu. J'écrirais, sur mon beau papier à lettres marron :

Maman, tu seras plus heureuse sans moi. Je te laisse vivre ta vie.

Ta fille qui t'aime.

Non. Trop long. Les mots de mort sont brefs. Je mettrais :

Vis libre, sois heureuse. Ta fille.

Mais là, on ne comprend pas que j'ai eu la tique.

Maman, ta fille maudite fuit ce monde.

Ta fille.

Attention ! « Ta fille », « ta fille », ça faisait beaucoup trop de « ta fille » !... Quel casse-tête !

Toute la journée, je répétais :

— J'ai la tique, j'ai la toque.

Cela énervait ma mère. Elle a rapporté de la bibliothèque le premier tome du *Monde animal en 13 volumes*, et elle m'a montré, au chapitre des Arachnides, une grosse tique blanche comme un œuf, gluante, et dans le dictionnaire, elle m'a fait lire : *Parasite vivant sur la peau des ruminants, des chiens, de l'homme, où il puise*

son sang. (Nom scientifique : ixode.
Ordre des Acariens.)

Tout cela ne m'empêche pas de répéter :
— J'ai la tique !

Je ne vais tout de même pas dire : « J'ai l'ixode », ce serait idiot !

... Maman ne parlait pas de Philippe. Alors, pour lui faire passer un petit test, comme à l'école, quand on nous pose des questions pour « déceler nos aptitudes », j'ai dit :
— ... Et si tu te mariais avec Philippe ?

Ça n'a rien donné. Maman m'a dit de me mêler de mes oignons :
— Et puis, non, merci, trouver sur le plancher les mégots et les journaux de Monsieur... Et peut-être même des noyaux d'abricots...
— Mais maman, il adore balayer...

Le séjour, c'est souvent lui qui le fait... et quand il se peigne, il reste vingt minutes devant la glace...

– Et supporter ses copains, vautrés du soir au matin ? Hein ? Le postier à la figure sinistre, et cette grande dégingandée de secrétaire qui se prend pour une panthère ?... Et puis, tu as vu de quelle humeur il est, quand il revient du magasin ?

J'ai décidé d'oublier toutes ces histoires. Seulement la tique me jouait des tours. Un jour, à la récré, mes copains parlaient politique : ils s'excitaient sur des histoires de poison, de rayons de la mort, de « nucléaire », de « bombe H », de « nitrate » et de patatrac, à cause d'une émission qu'ils avaient vue à la télé. Moi, je ne faisais pas très attention, avec ma tique. Tout à coup, Emmeline a

moi, je suis cuti positive

demandé qui, parmi nous, était pour la gauche. Je n'ai pas bronché. Alors elle m'a comptée dans la droite.

Elle m'a appelée plusieurs fois :
– Hep, Olga ! Qu'est-ce que t'es ?

J'étais distraite, et j'ai répondu :
– Moi ? Je suis cuti positive.

Et ils se sont tous moqué de moi.

Et puis un jour, encore...

C'était un mardi soir : quand je suis revenue de l'école, Maman était là. Elle avait quitté le travail plus tôt que d'habitude, parce qu'elle avait des heures à récupé-

157

rer. Et elle s'apprêtait à sortir faire des courses. J'ai dit :

— Chic, je viens avec toi !

— Tu m'accompagnes un bout de route, et puis tu vas à ton judo, Olga.

Quelle poisse, ce judo ! Maman m'a inscrite pour que je devienne « courageuse et entreprenante », mais moi, je préfère rester une mauviette jusqu'à ma mort. Parce que le kimono que ma mère m'a acheté est trop grand, le tissu est tout raide, je me sens gonflée comme une bouée là-dedans. Et puis, quand je suis arrivée au premier cours, personne ne m'a parlé, j'étais seule comme une pelote dans mon coin. Et puis, pour les exercices, la monitrice m'a collée avec une grande que je ne connais même pas : une maigre à tête de cheval, qui ne faisait que croiser les bras en regardant le mur. Pas un mot. Rien. Tout à coup, elle s'est jetée sur moi, m'a attrapée par la veste, sans que j'aie le temps de la retenir, m'a secouée, retournée, aplatie au sol, en retroussant ses lèvres de cheval. Et pendant que je gigotais pour me relever, au lieu de m'aider, elle a de nouveau croisé les bras en soupirant au mur. Merci bien !

Je n'étais pas particulièrement pressée d'arriver à la M.J.C., je traînais la patte, et malgré cela, dans la côte, j'ai attrapé un point de côté. Je boitais en faisant :
– J'ai mal... oh... j'ai mal.

Quand on souffre, on ne peut pas faire de sport. Maman m'a dit :
– Eh bien rentre... sans courir... En respirant bien fort...

Mais je voulais marcher bras dessus, bras dessous avec elle, et qu'on regarde les boutiques ensemble, pour une fois. Je lui ai dit :

— Je reste avec toi, donne-moi le bras et tire-moi. Tu m'aideras à marcher, ça ira mieux... Et moi, je serai ta guide : tu verras, comme je sais expliquer.

Je l'ai fait rire avec mon bla bla bla :

— Madame, vous êtes ici dans une ville superbe. Ce que vous voyez là, à votre droite, c'est un arbre. Et là, à votre gauche, c'est une maison : fenêtres, volets, toit, tout y est... Maintenant, vous désirez... faire réparer votre montre ? A votre guise : je connais une excellente horlogerie, où je vais vous guider...

J'étais contente d'aller chez Frêne : Mme Frêne, avec ses joues gonflées, son gros ventre, elle a l'air d'un fromage de Hollande.

Madame vous êtes ici dans une ville superbe

Dès que j'entre dans la boutique, Belzébuth, son matou, me reconnaît : quand il se frotte contre mes jambes, il ronronne si fort que ça résonne comme dans une grotte. Et puis, chez Frêne, c'est tout près de *La petite musique de nuit*, le magasin où travaille Philippe.

En sortant de l'horlogerie, j'ai annoncé :

— Suite de notre visite guidée : un

magnifique magasin de disques ; musique classique, pop, rock, folk, smurf, vague, vogue, dodo, bobo, truc, bintz, much, moche, baba, boom boom...

— J'ai compris, tu veux voir Philippe, a fait Maman. Mais nous n'en avons plus le temps.

Elle a énuméré tout ce qui lui restait à faire, de quoi remplir trois vies entières. Mais sa voix hésitait, et j'ai décidé :

— Allez. On entre.

J'ai poussé la lourde porte en verre, et on a eu une chance folle : Philippe était là, sans client, il n'y avait qu'un employé, Bernard, qui rangeait des cartons.

Aussitôt qu'il nous a vues, Philippe est venu vers nous, il souriait avec ses yeux, avec ses dents et même avec ses oreilles. Il regardait ma mère de toutes ses forces et, moi, il m'a appelée Petite Miette.

On s'est mis à bavarder tous les trois. Alors j'ai appris que Philippe venait de retaper son studio, et que ça lui avait pris beaucoup de temps.

Il nous a décrit son palais : sur chacun des murs, il avait fixé de vieilles portes, si bien qu'on ne savait plus quelle était la vraie porte et quelles étaient les fausses. Il y avait accroché des portemanteaux, pas pour y pendre des manteaux, évidemment, mais pour exposer sa magnifique collection de chapeaux. Et, pour refléter toutes ces fausses portes et tous ces chapeaux, il avait installé partout des miroirs.

– C'est tout près d'ici... Allez,

venez voir. Bernard gardera le magasin un instant...

Maman a regardé son poignet, mais comme elle n'avait plus sa montre, elle n'a pas résisté. Le nouvel appartement de Philippe, au sommet d'un escalier raide et tordu, était petit, mais beau comme un décor. Malheureusement, sur le sol traînaient encore des rouleaux de papier, des cartons, des fils électriques, un marteau, des ciseaux, des vis, du papier journal, une bouteille de White Spirit, et un gros seau rouge, plein de liquide blanc. Par contre, si on levait la tête, on flottait dans le rose, le mauve pâle, le vert, le blanc, les reflets, les chapeaux. Je devinais que ma mère regardait par terre, elle ne pouvait pas s'en empêcher, maniaque comme elle est. Philippe guettait toutes nos réactions, il nous montrait tout :

– Voilà. C'est fini depuis deux jours. Et vous tombez bien parce que, hier, pour changer un peu, je me suis lancé dans une nouvelle recette de gâteau chinois...

Et il a annoncé, de la gourmandise plein le gosier :

– Vous serez les premières à savourer mon Gâteau de Riz aux Huit Trésors. Il contient des lichees... des dattes,... des raisins,... du gingembre,... et des amandes...

Les mots, comme il les disait, me fondaient déjà dans la bouche. On était comme au paradis, tous les trois. Philippe a sorti son gâteau du frigo, et j'ai été un peu déçue parce qu'il ressemblait vraiment à un gâteau de riz, une espèce de gros tas de grumeaux. Mais il l'a posé sur la table avec un grand geste de seigneur. Ce n'était pas une table en formica, comme chez nous dans la cuisine, c'était une vieille table ronde, en bois sombre, un peu bancale, avec des pattes fines de jouet.

J'ai annoncé :
– C'est moi qui vais servir ! Attendez !

Et j'ai fouillé dans la vieille armoire grinçante pour y prendre les assiettes et les fourchettes à dessert. Philippe s'est assis près de Maman, il lui a passé le bras autour de l'épaule, il l'a serrée contre lui. Et alors... vlan ! Au secours ! Le Samu ! A moi !

Je me suis retrouvée le derrière dans le seau de colle ! Je levais les

bras pour éviter que les assiettes
ne se salissent... Quand je me suis
hissée de là, ma robe était si pois-
seuse et si lourde que je ne pouvais
plus bouger : avec la colle blanche
qui gouttait tout autour, je ressemblais à un cornet de crème glacée

fondant au soleil. Et Philippe qui glapissait :

— Mon plancher ! Attention !

Il s'est mis à quatre pattes pour me glisser des journaux sous les pieds. Et moi, la vieille chaussette, qui restais là, tout encollée, amidonnée, les bras écartés ; et Maman qui rouspétait, roulant les *r* plus que jamais :

— Tu te changes, tu mets ton kimono de judo, et hop, on rrrentre, Olga... La colle, ça se rrrange, Philippe. Rrregarrde...

Ils m'ont regardée. Je faisais un sacré portemanteau, avec ma robe pendante, et mes assiettes. Il ne me manquait plus qu'un chapeau :

Enduisez-vous de colle Onor
vous ferez partie du décor.

Ils m'ont regardée et se sont mis à rire tous les deux, ils riaient si fort que tout tremblait et s'entrechoquait sur la table et dans la pièce, comme si la maison était bousculée par une tornade.

Moi, je ne savais pas comment être, alors j'ai ri de leur rire. Je disais :

— Qu'est-ce qu'on va faire ? Me passer à l'eau écarlate ?

Maman m'a aidée à enfiler mon kimono, on a mangé quand même un petit morceau de gâteau, du bout des doigts, à la va-vite, je ne sais même pas quel goût il avait. Et on est parti sans plus tarder, et j'ai dû traverser toute la ville dans mon affreuse tenue gonflante. Tout le monde me regardait et je me répétais : « Il y a quand même quelque chose qui ne colle pas. Ou plutôt, ça colle trop... Encore la tique, quoi. »

moi
punk

5. Angela

Moi, quand j'ai des tristesses, je serre mon talisman : trois petites boules dorées. C'est Angela qui me les a données.

Angela, je ne t'oublierai jamais.

C'était la fin de l'année scolaire, et Mme Dutour nous trouvait « insupportables ». Sa voix lançait des étincelles. Ce matin-là, elle nous faisait travailler au triple galop : elle nous tourmentait avec

ses explications à écouter « atten-
tivement ». Et dictée, et grammaire, et patati et patala... Alors,
quand la récré a sonné, nous avons
tous eu envie de bondir dans la
cour, mais la maîtresse nous a
arrêtés et sa voix sèche nous a figés
sur place :

— Je vous annonce qu'une nouvelle va se joindre à nous dès
lundi.

Nous nous sommes regardés.
Bruno a dit, presque tout haut, en
rangeant sa trousse :

— Moi, je m'en moque.

Et Christelle a répété tout bas :

— Moi aussi, je m'en fiche.

Mais Mme Dutour n'arrêtait
plus de nous avertir :

— Accueillez-la bien, ce n'est pas
facile pour une inconnue d'arriver
dans une classe en plein mois de
mai...

Nous croyions que le discours était enfin terminé, et nous avons fait du bruit, mais Mme Dutour a crié. Et elle a ordonné à Rachida ma copine de prendre ses clics et ses clacs et de s'installer au fond, afin de laisser sa place libre. Il faut dire que c'est la meilleure place : à côté de moi, et juste en face du tableau. J'ai protesté :

– Oh non! Je veux rester avec Rachida...

– Il faut que la nouvelle soit assise au premier rang, a dit Mme Dutour en appuyant sur le « il faut ».

Rachida n'a pas obéi. Elle a baissé les yeux, elle a répondu :

– Je reste ici. C'est ma place.

Un vrai bout de bois, Rachida. On aurait dit qu'elle était bête, ou qu'elle ne comprenait plus le français. On a fait silence. Les mots de la maîtresse ont claqué, et j'ai compris que ma copine ne pourrait pas lutter plus longtemps :

— Rachida, obéis ! La nouvelle a une jambe malade, il faut qu'elle puisse l'étendre...

Nous sommes devenus plus muets encore. Je me disais : « Je n'ai pas du tout envie d'avoir une infirme à côté de moi ! Et si elle allait se casser la figure ? Et si sa jambe était affreuse à regarder ? Quelle tuile ! »

A la récré, ce samedi-là, Rachida n'a pas cessé de bouder. Nous la consolions comme nous pouvions, et nous nous sommes tous ligués contre la nouvelle. Nadège criait le plus fort possible :

— Venir en classe à la fin de l'année ! Et déranger tout le monde ! Il y en a qui ne manquent pas de culot !

Sidonie a dit :

— Elle est bancale, par-dessus le marché...

Elle s'est mise à marcher les pieds en dedans, pliant les genoux et en agitant les bras comme une mouette... Tout le monde riait, et moi encore plus que les autres...

Rachida continuait à gémir, et je continuais à la consoler. Je lui disais que la nouvelle, je ne lui adresserais pas la parole. Que je ne lui prêterais pas mes livres, ni mes crayons-feutres. Elle serait tellement dégoûtée que, peut-être, elle demanderait à changer de place.

A chaque argument, Rachida secouait la tête, et elle m'a dit que sans mes feutres, justement, elle se demandait bien comment elle dessinerait ses croquis, surtout que Mélanie n'est pas prêteuse, elle se ferait sûrement punir à tire-larigot : elle se voyait presque en prison, tellement tout irait mal, loin de moi.

Nous étions en pleine désolation.

Enfin, lundi, la nouvelle est arrivée.

Il était huit heures et demie. Nous étions tous en train de farfouiller dans nos cartables pour sortir nos affaires. Moi, je me sentais seule, à la table. Tout à coup, le brouhaha s'est calmé, nous avons tendu l'oreille, on entendait des bruits de pas et de voix dans le couloir. La porte était restée entrouverte, mais on ne saisissait rien de distinct, seulement des chuchotements. Puis il y a eu des coups sur le plancher, accompagnés d'un drôle de bruit rouillé, un bruit de machine. Et la nouvelle est arrivée, s'appuyant sur sa béquille.

Elle a fait quelques pas, elle s'est plantée devant nous et nous a regardés.

Elle était assez mal habillée. Toute petite et si mince, en face de nous tous. J'ai pensé à une reine, en la voyant : peut-être à cause de sa béquille métallique qui brillait...

177

Elle se tenait très droite. Elle n'était pas gênée, loin de là. Elle nous observait tranquillement, elle semblait fière...

C'est bien simple, on entendait voler les mouches, et, pour une fois, même ce rigolo de Cyril restait tranquille. Toute la classe était hypnotisée...

Je la regardais de toutes mes forces : ses cheveux noirs, tirés en arrière, sa peau blanche, ses grands yeux verts. Ils se posaient sur chacun de nous, l'un après l'autre, et chaque fois, c'était comme s'ils nous donnaient plein d'amitié, avec, en dessous, un petit rire.

Mme Dutour a fermé la porte. Elle a dit :
— Veux-tu te présenter ?

La fille a hésité, puis elle a fait,

d'une drôle de voix un peu rauque, un peu traînante :

– Je m'appelle Angèle Sindi (elle prononçait Sinnndi, en appuyant sur le début du mot).

Ensuite, elle s'est tue, et Mme Dutour lui a demandé si elle acceptait de parler un peu avec nous, pour qu'on puisse se connaître. Elle n'a pas répondu. On ne pouvait savoir si son sourire voulait dire plutôt « oui » ou plutôt « non »...

J'aurais voulu apercevoir sa jambe malade, mais les jambes d'Angèle étaient bien cachées, elle portait un pantalon noir trop large, un drôle de pantalon pas à la mode, son corps était noyé, là-dedans. Ce pantalon était serré et froncé par une ceinture, deux pans de tissu mauve retombaient sur le devant. En haut, Angèle portait tellement de choses qu'il était difficile de tout distinguer : un sous-pull à col roulé, une chemise à carreaux bleus et blancs, dont elle avait remonté les manches et, par-dessus encore, un gilet gris sans manches, à grosses mailles, fermé par six boutons dorés. Et par-dessus encore, un gros collier de pendeloques rouges.

Elle avait de grandes oreilles, et ses cheveux faisaient des friselis sur ses joues. On voyait un petit peu ses veines, c'était joli. Ses lèvres étaient un peu... épaisses, ses yeux un peu... bombés, son menton un peu... absent : elle aurait pu être laide, avec son nez un peu trop long. Elle avait presque des défauts... Mais justement, ce n'était pas des défauts...

Angèle n'a pas eu envie de répondre à nos questions. Dommage. Elle avait l'accent parigot, et elle hésitait à prononcer les mots, comme si elle les inventait... Elle nous a dit qu'elle venait de « n'importe où », puis elle a corrigé : « Non, de Troyes... » et nous avons ri. On voyait bien qu'elle préférait sourire plutôt que de parler. Alors Mme Dutour l'a envoyée s'asseoir, et notre cœur s'est serré. En marchant, elle faisait son bruit grinçant, se penchait sur le côté et tenait sa jambe raide. Elle a mis du temps pour s'installer à côté de moi. Je tremblais un peu, je n'osais pas la regarder, et la maîtresse a dû me dire :

— Mais voyons, Olga, prends le sac de ta camarade !

Ensuite, la classe a commencé dans un drôle de silence, tout autour d'Angèle. Mme Dutour nous faisait la leçon de calcul, des multiplications faciles, mais personne ne répondait. C'était comme si nous étions endormis, et qu'Angèle eût traversé nos rêves. Elle ne bougeait pas, droite sur sa chaise.

Quand la récréation est arrivée,

mon cœur s'est mis à battre, je me demandais ce que ferait la nouvelle, avec qui elle se mettrait. La maîtresse a voulu savoir si elle préférait rester en classe, ou sortir. Angèle a dit qu'elle voulait rester : d'habitude, personne n'a le droit, il faut absolument « se dégourdir les jambes », mais pour elle, c'était spécial, évidemment. J'étais triste de la quitter. J'avais peur qu'elle ne devienne amie avec quelqu'un d'autre et ne veuille plus s'asseoir à côté de moi. Mme Dutour a demandé :

— Qui veut rester avec Angèle, pour lui tenir compagnie ?

Tout le monde, même les garçons, a levé le doigt :

— Moi, moi, moi, moi.

Emmeline était sur la pointe des pieds et avançait vers la maîtresse,

prête à lui crever l'œil. Angèle
riait, ses yeux brillaient. La maîtresse a dit :
– Choisis.
Angèle a regardé chacun d'entre
nous en prenant son temps : Cyril
lui faisait des clins d'yeux, Christelle ouvrait la bouche comme une
grenouille pour faire « moa »,
Mario grimaçait pour la faire rire.

Angèle a fini par tendre son doigt dans la direction de Rachida et elle a dit :
– Elle.

J'ai dit : Et moi ?

Elle a dit : Toi aussi.

J'ai demandé :
– Je peux rester aussi, madame ?
– Pour l'instant, oui, chaque semaine on changera...

Alors les autres sont sortis en nous jetant des regards d'envie, et nous nous sommes retrouvées seules toutes les trois.

Angèle s'est levée pour inspecter la classe. Je marchais sur la pointe des pieds et Rachida pressait la main sur sa bouche, comme si nous faisions une bêtise. Angèle voulait tout examiner à la loupe. Elle a ouvert les deux armoires, même celle réservée aux documents de la maîtresse, qui, d'habitude, est fermée à clef. Elle regardait aussi dans les pupitres, elle se penchait, se relevait, les yeux en boules de loto, comme si elle pénétrait dans un royaume interdit...

. Sous la chaise de Gilles, elle a découvert un papier froissé. Elle l'a déplié. Il contenait un cercle, et dedans un autre petit cercle, et une inscription : « sein ». Sous la table de Fabrice, on a vu un drôle de paysage, une sorte de planète à l'envers : c'était toute une réserve de chewing-gums de toutes les couleurs, presque neufs, collés les uns à côté des autres. Angèle a même osé fouiller dans le tiroir de la maîtresse, elle a trouvé trois paquets de biscuits à la cuiller et plusieurs Pepitos. Agitant le paquet, elle a fait :

— Ha, ha, cette Mme Dutour ! Et si on lui mangeait ses réserves ?

Nous, tremblantes, nous protestions... Angèle a déniché aussi, dans un autre tiroir, une lettre pliée en quatre adressée à la maîtresse, et qui commençait par : *Chère petite Marie-Thérèse*... Nous n'avons pas réussi à déchiffrer la suite, mais ça nous a fait rire.

Il a tout fallu expliquer à Angèle : notre jungle collée sur les murs, avec ses gros arbres en papier kraft et son gros singe que nous avons surnommé Sylvie à cause d'une fille de la classe, et Bagheera...

— Ça, une panthère ? a dit Angèle. Je croyais que c'était un minet.

Et notre louve, elle l'a prise pour une chèvre... Il a fallu lui raconter en long, en large et en travers le *Livre de la jungle :* qui était Mowgli, et l'affreux Shere Khan aux yeux jaunes. Elle a dit :

— Moi, j'aurais Kaa, le python, et je me le mettrais autour du cou pour avoir chaud, l'hiver, comme ça...

Elle s'est enroulée dans un boa imaginaire, comme si c'était une écharpe.

— Moi, a dit Rachida, je préfère Baloo, l'ours brun. Je voyagerais avec lui, comme ça...

Et elle a enfourché son cartable.

Notre crocodile en plâtre a ébloui Angèle plus que tout. Elle le contemplait en faisant : « Ça alors », et cette fois, elle ne l'a pas comparé à une sauterelle : on avait l'impression de lui ouvrir la caverne d'Ali-Baba. Jamais une récré n'a passé aussi vite. Je comptais dans ma tête : lundi, mardi, jeudi, vendredi, samedi, il

ça alors!

me restait cinq jours de récréation avec Angèle : quel dommage que, le mercredi, l'école soit fermée...

L'après-midi, on a décidé qu'Angèle s'appellerait Angela. C'est Rachida qui a eu cette idée. Elle voulait que tous nos prénoms se terminent par un *a*. Angèle a dit que désormais, toute sa vie, elle se ferait appeler Angela. Alors nous avons mélangé nos noms, cela a fait : Olgda, Rachiga, Angelda. Mais nous nous trompions tou-

jours, et cela donnait de drôles de trucs, comme « arrache-toi de là » ou « gladalala ». Nous inventions des publicités : *Buvez Gladalala, vous serez flagadada.* Les bêtises nous pétillaient dans la tête... Tout à coup, Angela nous a fait peur. Elle nous a poursuivies de sa béquille entre les rangées de tables, en criant :
– Attention ! Je suis le Grand Manitou ! Je vais vous changer en rats !

Elle avançait vers nous en grinçant, et cherchait à nous atteindre de sa béquille en métal brillant. Rachida et moi avons pensé qu'elle était devenue sorcière, tellement ses yeux s'enfonçaient dans notre dos... Nous avons eu une de ces frousses...

Nous ne parlions jamais de sa

190

jambe. Lorsque nous lui posions des questions sur ses parents, ou sur sa maison, Angela ne répondait pas. Chaque fois, elle faisait semblant de ne pas entendre, ou bien elle disait : « Hein ? »

Elle racontait souvent les films qu'elle avait vus à la télé, et elle imitait Yves Duteil, son chanteur préféré. Rachida et moi, ça nous agaçait. Moi, je lui ai parlé de M. Menaz, de la Coop, qui me réserve toujours des autocollants. Et de Philippe, le copain de ma mère. Et de mes vacances à Annecy, au camping. Et de mon nouveau lit.

Et Rachida a dit le nom et l'âge de toutes ses sœurs... D'ailleurs Angela se trompait toujours en essayant de les retenir. Rachida a expliqué que Zaïa voulait devenir coiffeuse et qu'elle, plus tard, elle ferait pilote de ligne. Angela ouvrait de grands yeux en entendant toutes ces révélations, mais elle, pour confidence, elle ne savait que lancer des : « Hein ? Hein ? » La barbe avec ses « hein »... »

Une seule fois, elle nous a confié tout bas :

— Bon ! Venez ! Regardez !

Elle a baissé son col roulé et elle nous a montré une médaille dorée sur laquelle une Sainte Vierge était gravée...

— C'est ma sainte médaille... Je ne la quitte jamais. Elle m'aide à lutter contre le mauvais œil...

Nous sommes restées silencieuses, nous n'osions pas parler de mauvais œil dans la classe vide...

J'aurais bien voulu que ça continue à toutes les récrés : rester comme cela avec Rachida et Angela, des fois pour jouer, des fois pour parler, des fois pour ne rien faire du tout...

Mais le jeudi, nous avons eu une brouille, à cause du « bonhomme ». Le bonhomme, c'était le petit vieux qui amenait Angela à l'école, et venait la reprendre. Il sortait d'une splendide BMW grise, il portait des vêtements noirs et fripés. Nous le trouvions bizarre. Il soulevait Angela et la portait dans les escaliers sans regarder personne, pas même la maîtresse. Puis il s'en allait tout raide. Nous lui disions : « Bonjour, monsieur », il ne répondait pas. Nous nous demandions qui il était. Moi, je trouvais qu'il ressemblait à Angela : il avait des yeux verts, comme elle, le nez un peu long, mais en plus il avait des plis autour de la bouche et un triple menton. J'ai dit à Angela :

— Il a l'air sévère, ton grand-père...

— Mon grand-père ?

Angela s'est frappé le front de son index, elle a eu un drôle de rire.

— Mais ce n'est pas mon grand-père ! C'est mon père ! Et il est très gentil !... »

Elle s'est assise sur l'estrade, elle a laissé tomber sa béquille et elle s'est mise à bâiller en regardant partout comme dans une prison où on s'ennuie :

— J'en ai marre, de cette école... Ah ! Comme j'en ai marre...

Cette fois-ci, nous n'avons joué à rien. Elle ne me regardait plus et pourtant, moi, je la regardais. Rachida discutait, discutait. Angela lui répondait un mot toutes les dix minutes, on aurait dit qu'elle se forçait. Et ensuite, ça a continué comme ça : pendant toute la leçon sur le pétrole, Angela a détourné la tête. J'étais catastrophée.

Le soir, chez moi, j'ai senti la colère me tourner la tête. Je me disais : « Dire que je l'ai laissée copier sur moi, pendant la dictée. Que je lui ai donné mes Choco BN, et que j'ai eu faim, ensuite. Et, à cause d'elle, je me suis fait gronder parce qu'elle a tracé des marques plein ma page d'histoire, avec ses doigts sales. Et mademoiselle ne me cause plus ? Eh bien, je m'en fiche. »

Pour me venger, j'ai écrit sur un papier tous les gros mots que je connais. Et j'en connais un paquet. Je m'appliquais tellement que lorsque Philippe a passé la tête par

tu travailles trop, Olga

la porte de ma chambre pour me
dire bonjour, il m'a félicitée :
– Tu travailles trop, Olga... Je
m'en vais sur la pointe des pieds
pour ne pas te déranger...

Moi, j'avais placé mon coude sur
la feuille pour cacher mes gros
mots. Quand la page a été finie, j'ai
dessiné dans la marge une affreuse

sorcière, je lui ai mis du poil au menton, et j'ai écrit : *Voici ton portrait tout craché.* J'ai plié mon message en huit, et dessus, j'ai inscrit : *Pour A.*

Et puis le lendemain, en me levant, sur ma commode, j'ai vu mon lézard, mon gros oiseau transparent, mon petit vase bleu du Portugal, celui qui semble toujours hausser les épaules, avec ses anses, et ma géode (une pierre que l'on trouve dans le désert, et que Mireille, l'amie de Maman, m'a apportée d'un pays lointain); elle ressemble à une fleur de diamant : un peu jaune, un peu rose, un peu grise, brillante, et dedans – car elle s'ouvre –, il y a un vide blanc. On pourrait y cacher un secret. Je l'ai vite emballée dans un bout de papier et l'ai fourrée dans mon cartable. En classe, je l'ai posée sur le cahier d'Angela, au moment où elle parlait à Christelle. Quand elle s'est retournée, elle m'a dit, en roulant des quinquets comme des lunes :

– C'est pour quoi faire ?

– Rien. C'est pour toi.

A la récré, ce jour-là, Angela nous a parlé de sa polio. Le docteur lui avait dit qu'elle avait la maladie du plus grand président des États-Unis. Nous avons hoché la tête avec admiration, nous aurions presque aimé l'attraper un petit peu, nous aussi. Angela savait qu'elle guérirait parce que ses parents devaient la faire opérer très bientôt à Chambéry. Elle répétait : « Bientôt, très bientôt », d'un air satisfait. Rachida et moi, nous protestions. Je lui ai dit que toute la classe tenait à elle.

C'était vrai : pendant les leçons, tout le monde la regardait et lui riait dans les yeux. Il faut dire qu'elle se retournait tout le temps. Il y avait toujours une pluie de choses dégringolantes autour d'Angela : sa gomme, son compas, sa règle, sa trousse, son crayon... Ça roulait, elle gigotait. Mme Dutour frappait de sa règle le bureau, faisait des « tatata » comme une mitraillette entre ses dents, ou fronçait les sourcils. Elle n'a trouvé qu'un remède pour nous calmer : la lecture à voix haute. Jamais on n'a tant lu en classe : *Les Deux Gredins* en entier, et quelques passages de *Moumine, le troll*. On n'en pouvait plus. Angela ne lisait pas bien, mais elle écoutait tout, même les descriptions. Elle se tenait immobile et droite, à croire qu'elle n'était plus vivante :

j'avais beau la chatouiller sous le bras et lui dire des bêtises, imperturbable, qu'elle était. D'ailleurs, depuis, je fais comme elle. Dès que la lecture commence, je me tiens si droite qu'on pourrait mettre un pot de fleurs sur ma tête. Je reste immobile, j'écoute, j'écoute, et je me dis : « Bon, je suis Angela Sindi. »

Un vendredi soir, la maîtresse nous a annoncé :

— Demain, Angela va nous quitter...

Elle penchait un peu la tête, ses yeux étaient graves. Tout le monde a gémi :

— Oh !

Mme Dutour a fait un sourire :

— C'est une bonne nouvelle. On lui a trouvé une place dans un institut médical, à Chambéry : elle y sera bien soignée. N'est-ce pas, Angela ?

Soudain, la classe a explosé :

– Angela, nous allons fêter ton départ...

– Nous amènerons des gâteaux...

– ... et nos cassettes, pour la musique...

Et moi, j'ai senti que je m'enfonçais dans un trou noir, loin du ciel.

... Vendredi soir, Rachida est allée acheter les guirlandes et les confetti avec l'argent de la coopé, et le matin, elle est rentrée plus tôt que nous, pour décorer la classe avec Mélanie...

Ensuite, la maîtresse nous a maquillés et, dès que la musique a commencé, nous avons lancé nos confetti. La maîtresse était rouge comme si elle allait pleurer, elle faisait :

– Non... non... pas des confetti !

Dans un an, il y en aura encore partout !

Trop tard. Ils étaient lancés. On aurait dit de la neige, comme dans ces boules de verre que l'on secoue, et Cyril a trouvé que Mme Dutour avait l'air d'une mariée. Nous aussi, c'était comme des pétales dans nos cheveux. Nous avons coupé et distribué les cakes, les mille-feuilles, les charlottes, Angela goûtait à tout, elle s'en fourrait plein la bouche, elle roulait des yeux et disait :

— Ch'est bon ! en secouant les mains comme si elle appelait à l'aide...

Ensuite, Mme Dutour nous a fait une belle surprise : elle nous a plongés dans le noir, et elle nous a passé un petit film : *Charlot chef de rayon*. Qu'est-ce qu'on a pu rire !

Quand Charlot prend l'escalier mécanique à l'envers, et qu'il n'arrive pas à monter les marches... Angela rigolait tellement qu'elle disait :

— Regarde, je bave, bon, voilà que je m'étouffe...

Et elle s'affalait sur moi et collait son visage maquillé de rouge contre mon pull...

Quand le film a été terminé, nous avons bu de l'orangeade. C'est à ce moment-là que la fête a tourné. Je me retenais de pleurer, Rachida avait un air de catastrophe. Fabrice s'est levé en disant qu'il avait mal au cœur et il a dû courir aux toilettes : il faut dire qu'en plus, il avait mangé trois babas au rhum.

Cyril avait beau agiter ses grandes oreilles et prendre sa voix

de rat mouillé pour dire :
« Super... génial... » devant les
gâteaux qui restaient, personne ne
lui prêtait attention. Nous regar-
dions nos montres et la grosse
horloge à quartz accrochée au-dessus de la porte. La maîtresse a mis
une musique tourbillonnante,
mais personne ne bougeait plus.

Pendant ce temps, Angela mangeait, buvait, mangeait, et disait :
— C'est bon, la meringue ! Et
l'éclair, tu y as goûté ? Qu'est-ce
qu'il attend, mon père, pour venir
me chercher ? Il est déjà onze
heures vingt-six !
   Cyril a dit :
— Tu n'es pas triste, de partir ?

Elle a haussé les épaules, elle a
répondu très fort, en regardant
droit devant elle :

– Moi ? Pas du tout. Je vais avoir une rééducation-miracle, c'est le docteur qui l'a dit... Et mes parents viendront me voir chaque semaine. Et à Chambéry, en plus, il y a le beau-frère de ma mère, il me fait toujours des cadeaux... Je me demande ce qu'il va bien pouvoir encore m'acheter...

J'avais le cœur lourd, mais elle m'a tirée par le bras, Rachida aussi. Elle a dit tout bas :

– A propos de cadeau, j'en ai un pour vous... Chut !

Elle a pris un air de mystère, et elle nous a demandé une paire de ciseaux.

– Attends un peu, j'ai toujours mon nécessaire à beauté sur moi ! a fait Rachida.

Elle fouillait dans les poches de sa veste, de son pantalon, de son chemisier...

— Zut ! Ah, oui !... Non...

Elle nous a montré ses mains vides :

— Je n'y comprends rien, je ne le trouve plus...

Nous étions là à nous regarder comme des idiotes. Je tremblais d'énervement. Alors je me suis précipitée sur l'estrade, Mme Dutour m'a tendu les ciseaux de la classe et je les ai passés à Angela.

Elle a pris les ciseaux et nous nous sommes penchées en avant toutes les trois. Angela a soulevé sa veste de laine grise, en passant une main par dessous. De l'autre main, elle a coupé l'un après l'autre ses six boutons dorés. A chaque coup de ciseaux, Rachida et moi nous faisions : « Oh ! la la ! » mais Angela ne s'occupait pas de nous. Elle détachait deux boutons à la fois, elle posait les gros ciseaux, elle fermait les yeux, et elle faisait : « Meumm meumm meumm », une petite prière bizarre. Puis elle nous tendait les boutons : celui de la main droite pour Rachida, celui de la main gauche, pour moi. Elle nous parlait bas, mais je l'entendais aussi fort que si elle criait : aussi fort que si elle criait :

– Gardez-les : c'est mon talisman... Le premier, c'est pour la santé...

– Le second, c'est pour le bonheur...

Elle a encore baissé la voix, elle a chuchoté :

– ... Le troisième, c'est pour le souvenir...

Je sentais son odeur forte de sueur, de cailloux...

Elle a tourné la tête : son père était entré, sans bruit. Sa forme sombre se tenait, toute raide, devant la porte.

Angela nous a plantées là, serrant les boutons dans nos mains.

Elle a pris son cartable, l'a fermé, elle a empoigné sa béquille et elle a couru vers son père en se déhanchant et en grinçant. Sa natte dansait dans son dos. Soudain, elle s'est tournée vers la classe avec un sourire et, à tout le monde, elle a adressé un petit « bye bye », comme un oiseau.

Mme Dutour a répondu, avec une drôle de voix :

— Au revoir, Angela... Bonne chance...

Toute la classe a répété :

— Au revoir, Angela...

Nous avions les joues barbouillées et les yeux trop grands, à cause de la peine.

Elle est partie sans se retourner.
Je me souviendrai toujours de sa béquille résonnant sur le carre-lage, dehors, dans le couloir.

Table des matières

l'Atelier du Père Castor présente

la collection Castor Poche

La collection Castor Poche vous propose :

- des textes écrits avec passion par des auteurs
  du monde entier,
  par des écrivains qui aiment la vie,
  qui défendent et respectent les différences ;
- des textes où la complicité et la connivence
  entre l'auteur et vous se nouent et se
  développent au fil des pages ;
- des récits qui vous concernent parce qu'ils
  mettent en scène des enfants et des adultes dans
  leurs rapports avec le monde qui les entoure ;
- des histoires sincères où, comme dans la réalité,
  les moments dramatiques côtoient
  les moments de joie ;
- une variété de ton et de style où l'humour,
  la gravité, la fantaisie, l'émotion, la poésie
  se passent le relais ;
- des illustrations soignées, dessinées par des
  artistes d'aujourd'hui ;
- des livres qui touchent les lecteurs à différents
  âges et aussi les adultes.

Un texte au dos de chaque couverture vous présente les héros, leur âge, les thèmes abordés dans le récit. Vous pourrez ainsi choisir votre livre selon vos interrogations et vos curiosités du moment.

Au début de chaque ouvrage, l'auteur, le traducteur, l'illustrateur sont présentés. Ils vous invitent à communiquer, à correspondre avec eux.

CASTOR POCHE
Atelier du Père Castor
7, rue Corneille
75006 PARIS

97 ma renarde de minuit
par Betsy Byars
Tom, dix ans, n'a aucune envie de passer ses vacances dans la ferme de son oncle. Pourtant, une renarde noire, fascinante, va traverser un jour cet été où il ne se passait rien. L'attirance de Tom pour cette créature libre transforme alors ces quelques semaines en un grand jeu palpitant. Mais c'est un jeu plein de risques qui pourrait bien se terminer mal...

98 par une nuit noire
par Clayton Bess
Une panne d'électricité plonge la maison dans le noir : les enfants écoutent leur père se souvenir... Il y a trente ans, par une nuit sans lune comme celle-ci, alors que la brousse était plongée dans l'obscurité totale, une main inconnue était venue frapper à la porte de la case. Et le mal le plus effroyable avait fait irruption dans la vie de cette famille noire...

99 les chants du coquillage
par Jean-Marie Robillard
Neuf nouvelles qui se déroulent sur les rivages marins, et qui nous invitent à la découverte de sa faune, de ses paysages, de ses habitants. « Nanou », « le rat », « le congre », etc. relatent des épisodes de cette vie accrochée à la mer, parfois drôle, parfois dangereuse mais toujours émouvante pour celui qui apprend à l'écouter.

100 Claudine de Lyon
par Marie-Christine Helgerson
Claudine, onze ans, se penche pour lancer la navette de son métier à tisser... dix heures par jour, dans l'atelier de son père. Ceci se passe il y a cent ans, dans le quartier de la Croix Rousse à Lyon. Mais Claudine refuse cette existence. Ce qu'elle veut, c'est aller à l'école pour apprendre et choisir elle-même son métier. Comment arrivera-t-elle à convaincre ses parents ?

101 l'énigme du gouffre noir
par Colin Thiele
Les cavernes souterraines sont très nombreuses dans la région d'Australie où habitent Ket et sa famille. Ket connaît les dangers de ces puits remplis d'eau, véritables trous de la mort, et de ces labyrinthes de tunnels sinueux. Pourtant, après avoir entendu parler d'un trésor caché sous terre, voilà Ket entraîné par ses deux amis à s'y aventurer...

102 les poings serrés (senior)
par Olivier Lécrivain
Un sacré bagarreur l'apprenti forgeron! Ses poings de quatorze ans, il sait s'en servir... Alors, lorsque l'on remonte des eaux de la Gartempe, le corps de Dédé on a vite fait de le déclarer coupable. Loïc va-t-il laisser détruire sa vie avec ces calomnies? Pourtant, depuis son accident, il ne se souvient pas bien... Ses ennemis auraient-ils raison?

103 sept baisers sans respirer
par Patricia MacLachlan
Emma, sept ans, et son frère Zachary sont gardés par leur oncle et leur tante. Mais dès le premier matin, Emma s'indigne. Aucun des deux ne pense à lui donner ses sept baisers rituels ni à lui préparer son pamplemousse en quartiers avec une cerise au milieu! Emma estime donc qu'il est urgent de leur donner quelques leçons sur leur rôle de futurs parents...

104 mon pays perdu (senior)
par Huynh Quang Nhuong
Quinze récits, souvenirs d'une enfance vietnamienne, dans un hameau en lisière de la jungle. Une nature extrêmement rude et impitoyable, des êtres dont la vie est menacée chaque jour de mort violente. Amies ou ennemies, il faut apprendre à vivre avec ces créatures sauvages.

109 **Le sixième jour (senior)**
par Andrée Chedid

Dans la crainte permanente des dénonciations, la vieille Om Hassan tente seule de sauver son petit-fils atteint du choléra. Pendant six jours et six nuits, elle repousse le découragement et insuffle à l'enfant malade sa force de vivre. Du cœur de l'Egypte, elle entreprend avec lui un long voyage vers la mer salvatrice.

110 **Benjamin superchien**
par Judith Whitelock McInerney

Benjamin, le saint-bernard de la famille O'Riley, a une vie plutôt mouvementée. Il nous raconte avec humour : « N'allez pas me dire que je suis un chien de sauvetage sans emploi ! Dans une famille de trois enfants, croyez-moi, ce ne sont pas les occasions d'héroïsme qui manquent ! Surtout quand une tornade, une vraie, dévaste la ville... »

111 **Une tempête de cheval**
par Franz Berliner

Lars, Mikkel, Marie et Henriette ne sont pas prêts d'oublier ce week-end de novembre ! « Pas de problèmes, avaient-ils dit aux parents, nous saurons bien nous occuper de la ferme en votre absence ! » Mais voilà qu'une tempête imprévue s'abat sur la région. Les enfants se retrouvent coupés du monde... et les chevaux en profitent pour s'échapper.

112 **Dragon l'ordinaire**
par Xavier Armange

Dragon l'ordinaire mérite bien son nom. Sans espoirs, sans envies ou passions, il coule des journées mornes et tristes. Un jour, un magicien de passage lui suggère de partir à travers le monde en quête de l'Amour. Et Dragon quitte ses petites habitudes... Le voici entraîné, malgré lui, dans une suite d'aventures en cascades...

113 une télé pas possible
par Mary Rodgers

Annabel fait une découverte étonnante : son petit frère Ben a tellement bien bricolé le vieux poste de télé qu'il transmet les émissions du lendemain ! Annabel et son copain Boris comprennent vite tout le profit qu'ils peuvent tirer de cet engin doué de voyance. Mais voilà, rien ne se passera comme prévu...

114 la ville en panne
par Joan Phipson

Nick et Belinda, deux Australiens de treize et onze ans, sont furieux : ils doivent monter à pied les dix étages menant à leur appartement. L'ascenseur est encore bloqué ! Leur colère se transforme vite en inquiétude : plus rien ne fonctionne normalement et leur mère ne rentre pas. C'est le début d'une grève générale. Que vont-ils devenir, seuls dans la grande ville encombrée de détritus et que ses habitants fuient ?

115 Mary, la rivière et le serpent
par Colin Thiele

Mary habite une petite ferme en Australie. Elle participe avec ses parents aux travaux dans les vergers proches de la rivière. Elle aime cette vie, libre et rude, rythmée par les saisons. Sa rencontre avec un serpent-tigre, qui la fascine et l'effraie tout à la fois, sera à l'origine de bien des inquiétudes pour Mary.

116 un chemin en Cornouailles (senior)
par John Branfield

Frances s'attache, peu à peu, à l'un des patients de sa mère, infirmière dans un village de Cornouailles anglaise. Ancien fermier, chercheur passionné d'épaves et de minéraux, ce vieil homme de 90 ans a conservé intacte une grande vivacité d'esprit teintée d'humour.
Que de richesses à partager avec Frances...

121 **Chilly Billy le petit bonhomme du frigo**
par Peter Mayle

Il n'est pas plus gros qu'une noisette et se cache pour ne pas être vu. Pourtant que ferions-nous sans lui ? Qui allume le frigo lorsqu'on ouvre la porte ? Chilly Billy, tout le monde le sait ! Mais à part ça, que savons-nous de sa vie, de son travail, de ses joies et de ses soucis quotidiens ?

122 **Manganinnie et l'enfant volé**
par Beth Roberts

1830 en Tasmanie, au large de l'Australie. A la suite d'une attaque de colons blancs, une vieille aborigène, Manganinnie, est brutalement séparée de sa tribu. Elle la recherche désespérément en suivant le cycle des migrations ancestrales. Un jour, elle enlève une petite fille blanche pour l'élever comme un enfant de sa tribu, et lui transmettre les lois et les légendes de son peuple perdu. Que deviendront-elles toutes les deux ?

123 **l'étrange chanson de sveti**
par Evelyne Brisou-Pellen

Sveti a été recueillie par une troupe de Tsiganes. Sa famille a été anéantie par la peste. Mais on n'a pas retrouvé le corps de son père. De ses premières années, Sveti conserve le souvenir d'un air. Elle en est certaine : cette chanson qu'elle fredonne sans cesse, elle la tient de son père. Peut-être un jour, la conduira-t-elle à lui ?

124 **le village fantôme**
par Eth Clifford

« L'auberge du Fantôme-qui-chuchote ! Quel nom sinistre pour un hôtel ! » pense Mary-Rose. Cette pancarte ne prédit rien de bon ! Lorsque Mary-Rose, sa petite sœur et leur père se retrouvent dans un village abandonné, les deux filles n'ont qu'une idée : repartir. L'endroit a l'air hanté ! Et il l'est d'une certaine façon...

125 la petite maison dans la prairie (tome 2)
par Laura Ingalls Wilder

«Au bord du ruisseau»: second tome de la célèbre autobiographie où l'auteur raconte sa jeunesse dans l'Ouest américain des années 1870/1890. Laura et sa famille quittent la petite maison dans la prairie à la recherche d'un coin plus paisible. Après un nouveau périple en chariot, ils s'installeront dans une étrange petite maison au bord du ruisseau.

126 Olga, Oh! la la!
par Evelyne Reberg

Olga, dix ans, élève de CM1, est très attentive à l'opinion et aux bavardages de ses camarades de classe. Sa mère, Hongroise à la personnalité quelque peu exubérante, n'est pas sans lui poser des problèmes. Pourtant cela n'entrave en rien leur complicité, bien au contraire. Cinq récits pleins d'humour et de tendresse.

127 l'énigme de l'Amy Foster, (senior)
par Scott O'Dell

A seize ans, Nathan est mousse sur le trois-mâts de ses frères. Ils recherchent l'épave de l'Amy Foster, un baleinier disparu dans des circonstances troubles et qui transportait une fortune en ambre gris. Mais l'épave reste introuvable et un vent de mutinerie souffle sur l'équipage...

128 est-ce que les tatous entrent dans les maisons?
par Jonathan Reed

De la phobie des légumes verts à l'angoisse de la leçon de calcul en passant par les vieilles tantes inconnues et les baisers mouillés, ce livre, rubrique après rubrique, nous parle avec humour des soucis quotidiens qui obscurcissent le ciel de l'enfance.

Cet
ouvrage,
le cent-vingt-
sixième
de la collection
CASTOR POCHE,
a été achevé d'imprimer
sur les presses de l'imprimerie
Brodard et Taupin
à La Flèche
en septembre
1985

Dépôt légal : octobre 1985.
N° d'Edition : 15040. Imprimé en France
ISBN : 2-08-161839-7
ISSN : 0248-0492

CASTOR
POCHE
126